ブラボー わが人生 2

聖教新聞 社会部 編

第三文明社

まえがき

長生きして得する話をひとつ。滋賀県のとある精肉店は敬老の日になると年の数だけ値引くらしい（例《たと》えば八十歳なら八〇％引という具合）。

ここにやって来た百二歳のおばあちゃま。題目《だいもく》を染《し》み込ませた肌《はだ》はツヤツヤだから、レジの女性が保険証と顔を見比べ、目をぱちくり。「店長ー！」奥から慌《あわ》てて出てきた店長と、店先に並んで写真をパチリ。無料のお肉と二円をもらって帰る背中に、「来年もお待ちしております」。

そんな電話を頂いて、つい考えてしまう。だったら、この本に登場するお年寄り全員、滋賀のお店に連れて行こうかな。

というわけで、『ブラボーわが人生』第二巻、多くの方から続編を望《のぞ》む声に後押しされての発刊となりました。

春夏秋冬、東西南北、ごやっかいになりながらの取材は、楽じゃないけど面白《おもしろ》い。なにせ相手は、悲劇を喜劇に変えた人生の達人たち。みなさん口が滑《なめ》らかなもんだから、翻弄《ほんろう》されて、てんてこまいになりながらも、聖教新聞で連載を楽しく続けている。

「仏《ほとけ》は文字に依《よ》って衆生《しゅじょう》を度《ど》し給《たも》うなり」（新七六二ページ・全一五三ページ）むき出しの情熱が、円熟の時を重ねてこだまする。からから笑って放《はな》つ言葉は、どれも前を向いている。

誰もが順風に帆《ほ》を揚《あ》げたわけではない。むしろ逆風をもろに受け、負けてたまるかと生きてきた。仏の言葉は、体験を通して世に現れるのだろう。負けなかったのは、日なたのぬくもりをもって寄り添う師匠《ししょう》が、心の中にいたからだ。「池田先生と一緒に歩いた道」とわが人生に胸を張る。

池田先生の言葉にある。「いくつになっても、わが身を律《りっ》しながら、貢《こう》献《けん》の道を探っていく。それが、『価値創造』の生き方です」紛《まぎ》れもなく価値創造の体現者たち。確たる人生観を、こちらに託《たく》してくれる瞬間がある。取材を終えた帰り際《ぎわ》だ。

きちんと正座して、畳《たたみ》についた手に額《ひたい》を乗せる人がいた。田んぼのあぜに立ち、曲がった腰を何とか伸ばして手を振る人がいた。ずっと笑っていたのに、涙《なみだ》をためて握《にぎ》った手を離そうとしない人もいた。人生の大功労者は、取材を一生に一度の出会いと心得て、いつも誠意を尽くしてくださる。

「一期一会一筆」

この志《こころざし》を墨《すみ》に染《そ》め、原稿の筆を未熟ながらも執《と》ってきた。話す言葉にじわりと伝わる体温を感じてほしい。そして本書が、誰かのささやかな一助となれば、これほどの幸せはない。

聖教新聞　社会部

〈目次〉

第2章　共に歩む

第3章　朗らかに生きる

一、本書は、『聖教新聞』に不定期で連載された「ブラボーわが人生」のなかから十八編の体験談を収録し加筆・修正したものです。

一、年齢、学会役職は、新聞掲載時のものです。ただし、「婦人部」は「女性部」に変更しました。

一、本文中、御書の御文は、『日蓮大聖人御書全集　新版』に基づき、ページ数を（新〇〇ページ）と示しました。あわせて『日蓮大聖人御書全集』（創価学会版、第二七八刷）のページ数を（全〇〇ページ）と表記しました。

一、本文中、戸田城聖創価学会第二代会長は「戸田先生」、池田大作第三代会長は「池田先生」と表記しています。

第1章

立ち上がる力

祝　笑顔でながいき賞

「この信心《しんじん》しか幸せになる道はない」

岡山県津山市　近藤《こんどう》 み津古《つこ》さん（101）

ほのぼのとした快挙《かいきょ》にも「知らんうちにこうなった」と笑ってらっしゃる。この秋（二〇一五年）、「第二回OVER60全国スマイルコンテスト」で、近藤《こんどう》み津古《つこ》さん＝副白ゆり長＝の幸せそうなお顔が、「笑顔でながいき賞」に輝いた。つぶらな瞳《ひとみ》がチャーミング。

（二〇一五年十一月十八日掲載）

私はブサイクだし、息子もブサイク。娘はお小遣《こづか》いをくれるから美人。好きなのは白いご飯。うどんは嫌い。つるっと食べたけど喉《のど》に詰まって死にかけた。栄養ドリンクを毎日飲むんがポリシー。百歳になると、あっちこっち痛くなる。肌はきれいじゃが、日が当たってシミができたけん、そこだけ化粧《けしょう》しよる。

ボケたら子どもが困るけんな。小さい磁石《じしゃく》をおでこに六つ貼って寝よる。そのおかげか、信心《しんじん》のおかげか、ボケずにおる。貼った顔はブサイクで誰にも見せられん。

この年でもいい男は好きになる。前はイチローさんが好きじゃった。歌は森進一《もりしんいち》。最近、好きな人ができました。ラグビーの五郎丸《ごろうまる》さん。あれはええ。やっぱり男は一生懸命な顔がええ。

昔、満州《まんしゅう》（現・中国東北部）に行ってな。お父さん（夫の春義《はるよし》さん）が満鉄《まんてつ》（南満州鉄道）で働いて、私がハルビンの病院で看護師しよった。戦争になると、私らは四畳半三間に、三家族十六人で暮《く》らした。顔を黒くして、豆売りに歩いてな。終戦を迎えて、飲まず食わずで逃げたんじゃ。やっと京都の舞《まい》鶴《づる》に立ったけど、地元の人に「シラミをうつすな」と指さされたけん、悲しくなって天を仰《あお》いだ。舞鶴の雲は白くてきれいじゃった。

お父さんは仕事のやり手じゃった。でも成功したとたん安心して遊び回るから、失敗するのも早かった。家を何回変わったか分からん。苦労は山ほどしたけんな。布団かぶってよう泣いた。

昭和三十一年（一九五六年）五月に、「何でもかなえてもらえる信心があるけど、せんかな?」と言われて、「する!」言うて。私は池田先生が打ち立てた「1万1111世帯」の金字塔《きんじとう》の一人。だから、この信心を捨てられん。

いい時代に生まれたと思うんです。戸田先生にも池田先生にもお目にかかっております。入会直後、戸田先生の声を覚《おぼ》えとる。「忙しかったら、豆をむきながら題目《だいもく》を唱《とな》えたらよろしい」。その通りに信心《しんじん》してきた。戸田先生の隣《となり》に池田先生がおられました。私の目で見た時に、ああ次の会長さんはこの人だと思うたんです。

貧乏《びんぼう》じゃから、子どもには山ほどの苦労させた。長男には修学旅行も行かせてやれんかった。服も毛糸を染《そ》め直してリフォームした。私は仕事から戻って、子に食べさす用意して、学会活動に飛び出すんよ。毎日コッペパンじゃった。すると子どもが「♪今日もコッペパン、コッペパン」と歌って、苦労を愉快《ゆかい》に受け取っとる。私はうれしかったんよ。それで人間は強うなるけんな。

苦労も貧乏もお父さんのせい。でも苦労知らずで育ったら、人の痛みが

100歳のお祝い

分からん、つまらん人間になってしまう。お父さんは憎《にく》たらしいけど、私に苦労をくれた人。どん底を味わった分、今が幸せでならんのよ。お父さんは六十歳半《なか》ばで信心《しんじん》に目覚めて、最後は日本経営診断士会の会長までしよった。お父さんの遺言《ゆいごん》を最近知ったんよ。「自分は遊んでばっかりじゃった。お母さんには随分《ずいぶん》と苦労させたから、大事にしろ」。おかげで子どもは優しいですよ。

聖教新聞を読むには、大きな虫眼鏡《むしめがね》を使うんよ。経済記事もスポーツ面も隅《すみ》まで読む。信心を語るには、世界の動きを知らんといけん。あと百年すれば、想像もつかん世の中になるじゃろう。その変化に、ひ孫や玄孫《やしゃご》が対応できるように、虫眼鏡で未来のヒントを探しよります。

信心にうそをついたら、つまらん。御本尊《ごほんぞん》にすぐばれる。正直に祈《いの》ればええ。御本尊は私の願いを何でも聞いてくれたけんな。題目《だいもく》は知恵袋じゃ。

朝一時間、夜一時間は唱題《しょうだい》しますが、声出すのはえらくて続かん。疲れたら心で題目あげるんよ。目も開けっ放《ぱな》しだと痛くなるので、時々つむる。生きとる間《あいだ》は、池田先生と奥様の健康と長寿を祈ります。それが私の仕事じゃ思うとる。

百歳過ぎて、しみじみ思うのは、「法華経《ほけきょう》を信ずる人は、さいわい《幸》を万里《ばんり》の外《そと》よりあつむ《集》べし」（新二〇三七ページ・全一四九二ページ）。本気で題目あげたら必ずそうなる。私の人生、御本尊からたくさんの試練を頂いた。でも、それと同じぐらい助けてくれる人も頂いた。だから、この信心しか幸せになる道はない。

▼取材後記

スマイルコンテストに応募した経緯がいい。きっかけは、ある婦人部（当時）の人。郵便局に行った際、チラシが置いてあるのを目にした。たくさんの中から「スマイル」という字が目に飛び込んできた。真っ先に浮かんだのが、み津古《つこ》さんの笑顔だったらしい。

み津古さんが暮《く》らす老人ホームに行き、「応募してみようや」とチラシを見せた。「私みたいなブサイクが」と笑ったところをカメラでカシャカシャ。まさか賞をもらえるとは思ってなかったという。

み津古さんの部屋には、日めくりカレンダーが掲《かか》げられている。一日が終われば、一枚めくって捨てる。その紙には「生」の手触《てざわ》りがあり、生ききった「充実」があるという。

百歳のお祝いは盛大だった。子からひ孫まで三十人が民宿に集まった。顔が埋もれるほどのレイを首にかけてもらい、桃色のちゃんちゃんこを着させてもらい、全員から一輪《いちりん》の花とお祝いの言葉をもらい、「ふるさと」の大合唱を聞かせてもらった。そして「世界一の幸せ者の顔ができたんじゃ」。

その日の写真を、部屋の目につく所に置いた。どの角度からでも百歳のお祝いの写真が見えて、「世界一の幸せ者の顔」になれるという寸法《すんぽう》。どうりで、すてきな賞がもらえるわけだ。

自分の人生逆回転

「いやーうれしくて題目《だいもく》とまんないよお」

茨城県ひたちなか市　池田《いけだ》 ナツさん（95）

うれしい、うれしい、と言われると、こちらまでうれしくなる。池田《いけだ》ナツさん＝支部副女性部長＝は、「題目《だいもく》をあげるのが、うれしくてしょうがない。楽しくてしょうがない」と何度もおっしゃる。へー、そんなに楽しいんなら、試しにやってみようかな……という人が出てきても、おかしくはない。

（二〇一六年八月二十五日掲載）

いつだったか、池田先生が会合でこんな内容をおっしゃったんですよ。〝私はいっぱい題目《だいもく》あげて、いっぱい功徳《くどく》もらったんだ。だけどみんな分かんないだろうなあ〟

その言葉が胸から離れない。よし、おれみたいな人間がどのくらい題目あげればそうなるか、ひとつ体験をつかもう、って腹決めたんです。

昔のことを言うと恥ずかしいけど、それはそれは大変でした。戦後のひもじさってないね。三年前（二〇一三年）に亡《な》くなった主人（米蔵《よねぞう》さん）が炭鉱で働いて、おれはダムで働いた。つるはしで穴掘ってると、一度だけ濁流《だくりゅう》に命を取られかけた。根っこ一本につかまって助かったんだ。

働いて働いて、それでも貧乏《びんぼう》に棒なしで。結核《けっかく》のきょうだいを養《やしな》ってたもんで、子どもには粗末《そまつ》なご飯しか出せませんでした。

おれは心が疲れて、皮膚《ひふ》の病気になった。膿《うみ》が出て、頭に包帯《ほうたい》巻いてたもんだから、近所の子どもが鍋《なべ》をたたいておれを囲《かこ》むんだ。それが嫌で、昭和三十二年（一九五七年）に信心《しんじん》したのさ。

戸田先生は「やればやっただけ功徳は大きい」と教えてくだすった。信心語り歩いたよ。まさかりで追い掛けられたこともあったっけ。

あれは雪の日だ。姉《あね》さんかぶりで夜道を急いでいると、道端の家から明るい声が漏《も》れてんの。窓の向こうでこたつに入って、家族が楽しそうにご飯を食べてる。おれにはちょっぴりつらい眺《なが》めだけど、仏法《ぶっぽう》は勝負だもん。子どもにだけは、おれのつらさを味わわせたくなかったからね。自分にムチ打って、折伏《しゃくぶく》したもんだ。

池田先生と出会った日は、人生の再出発の日だね。昭和三十九年（六四年）九月でした。池田先生が水戸《みと》会館にいらしてな。縮《ちぢ》こまって自己紹介したら、池田先生がおれの手を握《にぎ》ってくれたんだ。「私と同じ名前だね。前世は親戚だったかな」って。

すぐに地区のみんなに話したよ。代《か》わる代《が》わるおれの手を握《にぎ》ってな。この時ばかりは万歳《ばんざい》万歳で、涙《なみだ》がポロポロ。三度の飯より学会活動が好きになりました。バス代がなくても学会歌を歌いながら、遠くの村まで折伏《しゃくぶく》の足を運ぶんだ。気付けば皮膚《ひふ》病が治《なお》ってた。

貧乏《びんぼう》だけども、心が豊かになりましたよ。子どもは、すまなそうに給食袋をおれに見せるんだ。「心配すんな。うちには金のなる木があんだ」と御本尊様《ごほんぞんさま》の前に置いて、題目《だいもく》あげんの。子どもが不思議《ふしぎ》そうに見てる。なーに、子どもが寝た後に、夜なべしたお金を給食袋に入れて、木の枝にぶら下げてやるのさ。もったいないけど、子どもは御本尊様を「金のなる木」だと思ったようだ。信心《しんじん》を教えるのは、そんなところから始まるんじゃないかな。

家族の笑顔に囲まれるナツさん（右から３人目）

学もねえ、取りえもねえおれだけど、貫《つらぬ》いたことは一つです。「聴聞《ちょうもん》する時はもへ《燃》たつばかりおも《思》えども、とお《遠》ざかりぬればす《捨》つる心あり。水のごとくと申すは、いつもたい《退》せず信ずるなり」（新一八七一ページ・全一五四四ページ）。これなんだ。題目《だいもく》なんですよ。

ひょいと思い出すのは、池田先生のあの言葉なんだ。いっぱいの功徳《くどく》をちょっとでも体験したいよ。しかしね、題目に邪魔が入ることがあるんですよ。座骨神経痛《ざこつしんけいつう》になってなあ。ノコギリで切られるほど痛いから、いろんな煩悩《ぼんのう》がささやくわけだ。待て待て、この題目をやめることはできないんだ、と自分で叫《さけ》んで追い出す。そうやって題目あげ通して、気付けばこの年だ。

南無妙法蓮華経がおれになかったら、今の幸せはなかったよ。朝起きると手も濡《ぬ》らさずに食べたい物が、ちゃーんと出る。ひ孫に「ばあちゃん、ご飯だよ」と呼ばれる食事のおいしいこと。ひもじい思いをさせた子どもが、おれにたくさん食べさせてくれるんだ。だから信心《しんじん》の確信が、ドンドン湧《わ》いちまう。

煎《せん》じ詰めればおれの人生、御本尊様《ごほんぞんさま》と池田先生の他には何もない。「池田先生」と言うだけで胸が詰まっちゃう。御本尊と境智《きょうち》冥合《みょうごう》した時の涙《なみだ》は、なんとも言えない。ものすごい功徳だ。生きてきて、こういう幸せはないね。それがおれの体験だ。

いやー題目は楽しい。自分の人生が逆回転しましたよ。なんて言うんだろう、今はもう寂光土《じゃっこうど》で最高。幸せ。題目に勝《まさ》る兵法《へいほう》なしです。この信心、分かんない人は、お気の毒さま。いやーうれしくて、題目とまんないよお。

▼取材後記

ナツさんは「十八歳の時が一番きれいだった」と笑った。なぜ十八歳なのか。昔の話をしてくれた。貧《まず》しかった青春時代には自分の写真が一枚もなかった。写真館の前を早歩きで通るたびに、カメラの前に立つ人がうらやましかった。実家に仕送りしながら住み込みで働いていた。

やっとためたお金を懐《ふところ》に、写真館の扉を開けた。十八歳だった。お下げ髪で、初めて洋服の袖《そで》を通し、胸の高鳴りのままフラッシュを浴《あ》びた。白黒写真の顔は「プクーッとして美しい顔」だった。

ナツさんは十八歳の潤《うるお》いを保《たも》っていたかった。「年《とし》はわ《若》こうなり、福《ふく》はか《重》さなり候《そうろう》べし」（新一五四三ページ・全一一三五ページ）の御文《ごもん》と出合い、ますます信心《しんじん》に励《はげ》んだ。ナツさんは長女の友達二人にも信心の話をした。一人はその場で入会を決めたが、もう一人は「私はいいわ」だけだった。

それから五十四年という時が流れたある日、一本の電話がなった。声の主は、ナツさんの話を聞いて信心をしなかった方の友人だった。旧交を温め、とんとん拍子《びょうし》で「池田のばあちゃんの紹介なら信心する」という運びになった。その友人の姓は「戸田」さんといった。種は確かに植えられていた。

戸田さんが御本尊《ごほんぞん》を受けた日、二人は並んで写真に納《おさ》まった。「戸田さんと池田さん。なんだか不思議な縁ですね」。仕上がった写真のナツさんは極上《ごくじょう》の笑顔だった。十八歳の活力そのままだった。

父として生き抜く理由

「ミツノ。家族の宿命《しゅくめい》は大きな峠《とうげ》を越えたぞ」

香川県三豊《みとよ》市　高木《たかぎ》 森章《もりゆき》さん（92）

卒寿《そつじゅ》の坂を越えても、高木森章《たかぎもりゆき》さん＝副支部長＝は、若々しい体を保《たも》つ。朝は畑へ、昼は温泉付きの運動施設へ。一日でも長く健康に生きねば。そこには、温かい理由がある。

（二〇一五年五月二十六日掲載）

わしがミツノとお見合い結婚したのは、昭和二十二年（一九四七年）の九月です。うちは農家やけん、両親とわしら四人で田んぼと畑に出てな。土の匂《にお》いをかいで、米やら葉タバコやら白菜やら作っての。土だらけの手を見て「よう働いた」言うてな。戦地で防空壕《ぼうくうごう》を掘った手とはえらい違いですわ。

長男の謙一《けんいち》（六十六歳）と長女の啓子《けいこ》（六十四歳）が生まれましてな。家族は大切ですけん、わしは暗いうちから畑に出て、日が昇《のぼ》ったら冷凍食品の工場、造船所、山の伐採《ばっさい》と、なりふり構わず働きました。でも子育てを家内に任せすぎたんでしょうの。娘の変化に気付いてやれんかったけんな。

啓子は高校二年で不登校になりました。そのまま退学して、就職したんです。でも長続きせんかった。縫製《ほうせい》工場とかボタン工場とか就職はするんやが、どれも一カ月と続かんでの。

そのうち物を投げるわ、戸をたたいて壊すわでな。落ち着きがないけん、病院に連れて行ったんです。「統合失調症《とうごうしっちょうしょう》」じゃ言われました。わしは天《てん》から落っこちた心境でしたわ。

忘れもせん、昭和四十三年（六八年）三月です。一階の台所で晩飯《ばんめし》を食べとったら、啓子が階段をものすごい音で下《お》りてきましてな。ピャーッとはだしのまま飛び出すもんやから、家内も靴《くつ》を履《は》かずに追いかけたんです。出てみると、啓子と家内が道の真ん中で引っ張りおうてましての。

わしは叔父《おじ》から教えてもらった題目《だいもく》を思い出してな、啓子に抱《だ》き付いて耳元に「南無妙法蓮華経」を聞かせたんですわ。そしたら、あれだけ硬《かた》かった啓子の体からスーッと力《ちから》が抜けたけんな。

家内に手を引かれて素直《すなお》に歩く娘を見ながら、心を固めましたわ。こりゃあ信心《しんじん》せないかん、いうて。

親子で勤行《ごんぎょう》する日々はなんというか、幸せですな。啓子《けいこ》も経本《きょうぼん》が擦《す》り切れるぐらい練習したけんな。でも病気は一筋縄《ひとすじなわ》ではいかん。啓子は床《とこ》に伏《ふ》す日が増えました。

娘の宿命転換《しゅくめいてんかん》をかけて、家内と仏法対話《ぶっぽうたいわ》に近所を歩きました。「何宗であれ、題目《だいもく》を唱《とな》えてみぃ」。地域の人が一人でも題目を唱えてくれたら、それがわしらの宝物やけん。聖教新聞も百世帯以上の人がとってくれましたわ。

宿命に立ち向かうには、お題目しかない。そうして何十年と生きてきました。家内はようやってくれました。田畑のことも、娘のことも……。無理したんでしょうの。体が弱って、とうとう田畑に出られんようになったけんな。

平成十四年（二〇〇二年）の暮《く》れでした。病床《びょうしょう》で「一番の心配は啓子のこと」じゃ言うとりました。わしは、家内の手を握《にぎ》って「おまえと行ったように、啓子を本部幹部会（中継行事）に連れて行くけん」と約束しました。家内は安心した顔で逝《い》きました。

歯を食いしばれたのは、師匠《ししょう》がおるからです。池田先生はいつも、自分が今いる場所こそ深い使命の舞台《ぶたい》だ、と教えてくださるけんな。だからわしは「逃げんぞ」と決めたんです。

先生との出会いがたくさんあります。屋島《やしま》の体育館での記念撮影、四国研修道場での本部幹部会、四国未来塾の開館記念勤行会……。いつも帰りの車で家内と「池田先生にお応《こた》えしよう」言うとりました。

啓子の病《やまい》は本当に難しい。普通じゃ考えられんことが起こるけんな。でもわしは穏《おだ》やかを貫《つらぬ》くことにしたんです。

ある日、啓子は流しの水を出しっ放《ぱな》しにしとっての。わしは隣《となり》に立って、水が飛び散るのを眺《なが》めとりました。「こりゃあ、水アカが取れてきれいになるわい」。しばらくして蛇口《じゃぐち》を閉《し》めて、水浸《みずびた》しになった床《ゆか》を拭《ふ》きました。わし、信心《しんじん》のくさびがあるんですわ。勤行《ごんぎょう》の後、家内が決まって開目《かいもく》抄《しょう》の一節を拝読してくれとったんです。

「我《われ》ならびに我《わ》が弟子《でし》、諸難《しょなん》ありとも疑《うたが》う心《こころ》なくば、自然《じねん》に仏界《ぶっかい》にいたるべし。天《てん》の加護《かご》なきことを疑わざれ。現世《げんぜ》の安穏《あんのん》ならざることをなげか《歎》ざれ」（新一一七ページ・全二三四ページ）

啓子《けいこ》のどんな行動にも疑わず、嘆《なげ》かずです。娘は、わしに題目《だいもく》の力《ちから》を教えるために病《やまい》を現《あらわ》している。そう理解するのが仏法《ぶっぽう》でしょうの。そこに気付いたら、啓子は薄紙《うすがみ》を剥《は》ぐように良くなってきましてな。今じゃ庭の落ち葉もほうきで掃《は》いてくれるし、台所の床も拭いてくれる。不思議《ふしぎ》なもん

鳥のさえずりが聞こえる畑が仕事場

で全《まった》く手が掛からんようになったんです。

去年の夏ですわ。わしは啓子《けいこ》を畑に誘《さそ》いました。久しぶりだったから、外の風が気持ち良さそうでの。わしもうれしくなって、畑仕事を張り切りました。

首に掛けたタオルで顔の汗を拭《ふ》きながら、ふと啓子を見たんです。言葉が出んかった。家内の麦わら帽子をかぶった啓子は、ミツノとそっくりやったんです。家内は「父ちゃん、安心したよ」と言いたかったんと違いますか。

わしは心で話しかけました。

〝ミツノ。家族の宿命《しゅくめい》は大きな峠《とうげ》を越えたぞ。あと一息や〟

わしの人生はその日の空のように、爽《さわ》やかで天《てん》高いものになりました。

もしも願いがかなうなら、わしは啓子の人生を見届けてやりたいんです。

実際は順番があるけん厳《きび》しいでしょうの。でもそれが親心やと思います。

わしは啓子が生まれた頃の手を忘れちゃおりません。わしの人差し指を、力《ちから》いっぱい握《にぎ》り返してくれたけんな。あれは啓子の〝一生懸命に生きる〟という言葉なんじゃや。そう思います。娘のために一日でも健康で長生きせんとな。わしの手足は、啓子の手足ですけん。

友に感じた「親の味」

「人間は人の中が一番成長できるやろうね」

富山県高岡市　山下《やました》 敏子《としこ》さん（91）

「私の人生、一筋縄《ひとすじなわ》では越えてこれなんだ」と回想するほど、山下敏子《やましたとしこ》さん＝支部副女性部長＝が挑《いど》んだ山は簡単ではなかった。よじ登るつえは「同志《どうし》のぬくもり」だという。身と心を寄せ合った四人の話をしてくれた。

（二〇一七年八月二十三日掲載）

私は「できそこない人間」です。文字通りだがね。文句《もんく》ばっかり言うて、「文句大臣」で通っとるかもしれん。そんな話をやいやいしながら、楽しくしとるでよ。

信心《しんじん》して良かったね。みんなが助けてくれたがよ。やっぱり信心の世界には、教科書みたいな人がようさんおるわねえ。

●なべさんのこと

昭和四十年（一九六五年）に富山へ来て、夫婦でブロック積みの仕事をしたてですね。現場に「なべさん」いう人がおったがですよ。ひょろっとした頼《たよ》りない感じの人。薬剤師の免許持っとるのに、なぜかブロックをふらふら積んではった。いつもセメントの付いたヨレヨレの服で、タバコをぷはーっと吹かしとる。仕事下手《べた》でよう叱《しか》られとった。叱られてもフワーッとしとる。この気楽な人が、私らに信心を教えてくれたでよ。

なべさんは気が弱いもんで、ようしゃべらんから、今でいう地区女性部長さんを連れてきた。十界論《じっかいろん》の話でしたわ。ことごとく自分に当てはまったもんで、私らは信心したっちゃね。

なべさんは「良かったですねえ」ちなもん。ほいでも真剣やった思うわ。なべさんのくるぶし、大きな正座だこをこしらえとったでよ。折伏《しゃくぶく》の間《あいだ》も黙《だま》ったままやったけど、心でずっと題目《だいもく》あげとったんやろう。「この人としゃべっても何の益《えき》もない」と言われたなべさんがおらなんだら、今の私らはないっちゃね。

●高倉《たかくら》さんのこと

会合の緊張感はすごかったねえ。陸軍の士官学校を出た人で、「高倉《たかくら》さん」

いう人がおった。目が真剣やった。勤行《ごんぎょう》の姿勢がたるんどるちゅうて、ガーンとやられたですね。けど言葉の裏には情があったから、みんな高倉《たかくら》さんが好きやった思うわ。

人に厳《きび》しい人やけど、自分にはもっと厳しい人でな。質素《しっそ》な暮《く》らしをされとった。仕事で遅くなった夜も、自分の決めた時間は何が何でも題目《だいもく》あげなさる。

高倉さんは、お豆腐を運ぶ商売してはったわ。お豆腐を土産《みやげ》に「どないしとる?」言うて、よう顔を出してくれはった。鬼の高倉はどこぞへ行ったがよ、ちゅうほど優しい顔でや。帰りには必ず言うてくれるがよ。「池田先生から絶対に離れなさんな」。そうやって一人ずつ、信心《しんじん》の根本《こんぽん》を丁《てい》寧《ねい》に植え付けはんがね。あんな真剣な人は、ちょっと現《あらわ》れんやろう。

●竹島《たけしま》さんのこと

立山《たてやま》で暮らしたことがあるがよ。「竹島《たけしま》さん」いう小柄《こがら》な婦人がおった。畑仕事して、お日さんが沈《しず》んだら、村から下の町まで自転車こいで学会活動に行きよったがね。村で一人だけの信心や。信心の話をしに歩いたら、水をまかれたし、戸もバーンと閉《し》められた言うて。当時、村で信心するのは、そういうことなんですよ。普通は腹立つばかりやけど、竹島さんは平気。へへへと笑うとるがね。姑《しゅうとめ》はんにも悪口言われとった。晩《ばん》に出て行くから、なおのこと。でも口答えせんがいっちゃ。私にはあんな力《ちから》ないわ。

聖教新聞の配達もされとった。自転車で十軒回るのに、一時間かかる場所や。雨の日はカッパ着て坂を上《のぼ》る。愚直《ぐちょく》な信心っちゃ、あのことや。

畑仕事が忙しい時は、会合行きたいのに行けんが。私が会合から戻る途中、田んぼの中から手を振って会合の空気を吸い取ろうとしよった。竹島さんに目立つことは何にも無いがよ。何でも楽しそうに、こつこつやる人。水が穏《おだ》やかに流れるような信心《しんじん》の人やわ。

●竜《りゅう》さんのこと

地区に「竜《りゅう》さん」という誓願長《せいがんちょう》（ブロック長）がおるがね。多くは語らず、黙々《もくもく》とやる人。数年前、竜さんから電話がかかってきた。「もしもし、今日、息子が亡《な》くなりました」。何を言うとんがやろ思うて、聞き直しましたよ。自慢の息子やもん。悲しくないわけがないがや。でも友人葬《ゆうじんそう》で「創価学会におって良かった」と毅然《きぜん》とされる。えらいなあ思いよった。

日を置いて、竜さんの家にひょいと行ったら、いつもの明るい声で玄関に出てきてくれたがよ。けど、目を真《ま》っ赤《か》にされとった。人に見せん所では、こらえきれんものがあったんでしょう。

同志の輪が人生を彩る。山下さん（中央）と夫の正男さん（右）

竜《りゅう》さんの涙《なみだ》見たのはそれきり。お孫さんを未来部の会合に連れて行かはって、いつもニコニコされとる。強いわ。ほんとに強い人やわ。

＊

いやーすごい人たちや。私は京都生まれで幼《おさな》い時分《じぶん》に、両親を亡《な》くしたでね。母の顔は覚《おぼ》えてない。父の顔はおぼろやなあ。きょうだい六人で生きたがよ。戦争で家も学校も無くなった。父代《が》わりの兄二人も戦死した。もうおびえることばかりっちゃね。

そうした時に富山に越して、なべさんと出おうた。信心《しんじん》してからは、背と腹ぐらい違うがよ。富山には身内がおらんから、高倉《たかくら》さんとか竹島《たけしま》さんの暮《く》らしをのぞいては、生き方の手本にしたがね。

池田先生が出席された会合にも行かせてもろうたでな。昭和四十九年（七四年）の「富山の日」が決まった会合と、平成十三年（二〇〇一年）の第一回北陸総会。歓喜《かんき》に包《つつ》まれるっちゃ、あのことや。「今まで生きて有りつるは、このことにあ《遇》わんためなりけり」（新二〇八五ページ・全一四五一ページ）が浮かぶっちゃね。

私の人生、一筋縄《ひとすじなわ》では越えてこれなんだ。ほんでも、みんなが一緒に歩いてくれたでよ。みんなとおると、池田先生の心を感じますわねえ。温かいんや。これが「親の味」なんかもしれんねえ。

うちの人（夫の正男《まさお》さん、七十三歳）は地区部長をしよります。竜さんのお孫さんが、座談会で歌ってくれる。みんなの命を洗ってくれるっちゃね。題目《だいもく》のおかげで、人生に不安が無くなったがよ。私は「できそこない人間」やもんで、学会の中におらんとだめ。あんまり偉《えら》そうなこというたらペケくらうけど、つまり人間は人の中が一番成長できるやろうね。だから人間は「人の間《あいだ》」と書くんやろう。うそ言うてたら、ごめんなさい。へへへ。

米一粒に師弟《してい》あり

「題《だい》目《もく》あげでみろ。たまげるほどの幸せ感じっど」

山形県飯豊《いいで》町　伊藤《いとう》 ちゑさん（97）

暦《こよみ》は桜薫《かお》る四月でも、遠くの山はまだ白い。東北の春は、雪解け水に感謝し、花咲く風を喜ぶ。ぬかるむ田んぼに囲《かこ》まれた家を訪《たず》ねた。あるじは、米農家だった伊藤《いとう》ちゑさん＝女性部副本部長。凍《い》てつく冬の厳《きび》しさにあらがうことなく、暮《く》らしをつないできた。その歩みに人間凱歌《がいか》の輝きがある。

（二〇一七年五月二日掲載）

まんず、御本尊様《ごほんぞんさま》のおかげだと思ってる。いい時に信心《しんじん》したったもんでよ。いろいろあっけんども、三障《さんしょう》四魔《しま》から逃げらんねえもんだすな。

おれは米さ作ってたんだ。田んぼは一町歩《ちょうぶ》（約一ヘクタール）ぐれえあったなあ。米作りは土との戦いだ。土が良くねえとだめだ。あんまり、肥料やりすぎると枯《か》れてしまう。そこらへんはほれ、熟練のさじ加減だんべ。

春に牛で耕《たがや》して水かけてよお。そこのところさ種まくの。洗っても爪の間《あいだ》の泥が取れねえ手は、働き者の手だ。夏には青々と伸びてよお、秋には黄金色の穂《ほ》が実《みの》るべ。そいつを鎌で刈《か》っから、指の拳《こぶし》（第二関節）が太くなるわけ。汗水垂《た》らして作る米は、農家の人生が詰まってんのよ。

やっぱり、飯豊山《いいでさん》から来る雪解けの水がいいんだべなあ。

昭和三十五年（一九六〇年）だ。東京の杉並から、信心した人が近くに来てござった。座談会があるから行ったの。二十人ぐれえ、いたったなあ。

おれ、肝臓《かんぞう》が悪かったっす。病気克服《こくふく》の体験を聞いてよお。ああこれ以上の話はねえと思ったんだ。「信心する人」と聞かれて、おれ一人が手あげた。「この信心を貫《つらぬ》けば、三障四魔が必ず起こる。それでもいいか」。おれは「何言われても負げない」って話したば。

集落長のうちさ行って、「信心した」と言ったのよ。そしたら「このばか」と怒鳴《どな》られてよお。目つり上げて「集落さ置かねえ」んだと。

そこへよお、神社に寄付する話さ断ったもんだから、朝の四時まで公民館で村のみんなに詰め寄られてよお。改宗を迫《せま》られたんだ。親友にまでそっぽ向かれてしまった。

村八分《むらはちぶ》にされたのさ。塩まかれんのはいいけんど、何よりつらかったのは、田んぼの水さ止められたことだな。土が割れたんだ。そいつ見て、「こんなことで負げでらんね」と父ちゃんと話したっち。

信心《しんじん》に憎《にく》しみは良くねえよ。それより題目《だいもく》だ。題目あげんだ。おれは御《ご》本尊様《ほんぞんさま》に「相手の命を変えてけろ」と祈《いの》ったんだ。仏法《ぶっぽう》は勝負だされけえ。自分たちの姿をもって、実証《じっしょう》を示していく以外にないのさ。三障《さんしょう》四魔《しま》に負げねえよ。種をよ、御本尊様にあげて唱題《しょうだい》すんだ。おれの家はササニシキを作ってやった。人より早く田んぼさ出てよ。昼休みなんて、ねがったっす。題目っつうのは、どこさ行ってもできるもんな。一本一本苗《なえ》植えながら、唱題すんだ。

仏法対話で福運《ふくうん》も積まねばなんねえべ。みんなのうちさ行って、「題目あげてみろ」と教えっけんども、石ぶん投げられるしよお。米沢《よねざわ》とか山形とかの会合さ行ったもんだ。いい服着てんと陰《かげ》で言われっから、洋服の上にジャンパー引っかけて、汽車さ乗んだ。帰りは汽車もバスも走んねえ夜中《よなか》だからよお。真冬の猛吹雪《もうふぶき》に、五十メートルおきの電柱を頼《たよ》りに、歩いたっち。戦いだ。命懸《が》けの戦いだ。そうやって米一粒を作ってきたんだ。

何事も御本尊様が先だんべ。新米お供《そな》えしてよお。「この一年、無事に取らせていただいて、おしょうしなあ（ありがとうございます）」。おれの田んぼは、題目の法味《ほうみ》が詰まってっからよ。いい米がたくさん取れたんだ。五年過ぎてからだな。「今までのこと、水に流してけろ」と村の人がうちさ来たのはよ。

山形の米は、ツヤっつうか、違うすね。どこの田んぼも青々と伸びた年があったんだ。豊作《ほうさく》でせわしなく働いた。もうすぐ刈《か》り取りって時に、昭和四十二年（一九六七年）の羽越豪雨《うえつごうう》に遭《あ》ったんだ。堤防《ていぼう》を越えて、農道が川になってよお。田んぼが土砂で埋まったっすねえ。鉄道がだめだから物資が入ってこねえ。「家が流されたってよかった。稲さえ無事でいてくれたらよお……」。田んぼさ見て泣く老人がいたったもんなあ。

おれの田んぼは脇《わき》に用水路があっから、無事だったんだ。刈《か》り取りもできたけんど、みんなに早く御本尊様《ごほんぞんさま》を持たせにゃ、かわいそうでよお。信《しん》心《じん》さ語って、「村が豊作《ほうさく》になるようにお願いします」と題目《だいもく》あげたんだ。

昭和四十七年（七二年）だな。池田先生が山形県体育館に来てくださってよお。一緒に写真さ撮ってけだったなあ。その頃も庄内《しょうない》・最上《もがみ》地方で、河川の被害が田畑に出たんだ。池田先生は御書を引かれたんだな。「災《わざわ》い来《きた》るとも、変じて幸《さいわ》いと為《な》らん」（新一三三一ページ・全九七九ページ）。すごい確信だこって。おれは、生きてるうちにどこまでも題目あげるべ、と誓《ちか》ったんだ。

先生の話さ聞いてっと、村のみんなが浮かんでよお。ちゃっこい田んぼを大きくして、用水路も広げたんだ。変毒為薬《へんどくいやく》（毒を変じて薬《くすり》と為《な》す）だんべ。

家訓は「米一粒なげたり（粗末に）するな」。ひ孫までしっかりと継がれる

おれは池田先生と一緒に米さ作ったど。うまい米になってけろや、って題《だい》目《もく》しながら苗《なえ》植えたんだ。

米一粒に、農家の人生が詰まってんのよ。おれには見えんだ。だから、ぶさたにしては（無駄にしては）なんねえの。米は命をつなぐものだ。「白米は白米にはあらず、すなわち命なり」（新二〇五四ページ・全一五九七ページ）。米さ粗末《そまつ》にする人に、いい人いねえべっちゃ。

父ちゃん亡《な》くなって、昭和の終わり頃に田んぼをやめたんだ。農家を引退しても、使命に定年はねえべ。ずっと題目。おれは題目切らさねえよ。題目ばあさんだ。題目ながったら、別の人生になってたなあ。

今は近くの農家から米さ買ってる。その人は、おれの田んぼで作ってんの。あいや、おいしくてよお。まだ田んぼに題目の法味《ほうみ》が詰まってんだな。まんず、いがったすな。

▼取材後記

池田先生と記念撮影した折、「生きて生きて生き抜いてください」と激励《げきれい》され、「百歳会」の結成があった。ちゑさんは「百歳会」の使命を語る。「自分ばかり生きるのではなく、村の人みんなが百歳まで生きる。それを祈《いの》ってるっす」

「題目の王者」と評《ひょう》される。東北の春の到来を物語るような不《ふ》屈《くつ》の歩み。「あの時、勝ったから、こうしてられる」と、四面楚《しめんそ》歌《か》だった日々を思う。「題目あげてみろ。たまげるほどの幸せ感じっど」。友に語る言葉は、今も昔も変わらない。

ちゑさんの手を握《にぎ》った。日本の食卓を支え、気高《けだか》い人生を築いてみせた手は、節《ふし》くれ立った厚みのある手だった。山の残雪が解ける五月、飯豊《いいで》の里に田植えが始まる。

「池田先生のこと これっぽっちも 忘れられません」

兵庫県豊岡市　関岡《せきおか》 加津枝《かづえ》さん（100）

こんなにも美しい涙《なみだ》を見たのは、いつ以来だろう。関岡《せきおか》加津枝《かづえ》さん＝地区副女性部長＝は「池田先生」と口にするたびに込み上げるものを、しわの手で何度も拭《ぬぐ》った。「ただ、池田先生が大好きでなあ……」。飾《かざ》り気のない言葉の奥に、関岡さんの百年がある。

（二〇一七年六月二十日掲載）

題目《だいもく》は人間革命の素《もと》や。題目よりすごいことはない。

みんながね、「あんた何でそんな元気なん?」言う。「題目、題目やで。題目あげなんだらあかんで」言うてやる。確信は持ってますよ。絶対に、絶対に、題目ですもん。

年いって、ちょうど百歳になりました。耳は聞こえんし、物は言いにくい。ほいでも題目だけは、題目だけは、いまだ負けずに、真剣にやってます。題目あげるんが仕事です。肝《きも》に銘《めい》じとるで。御本尊様《ごほんぞんさま》に感謝して、五時間あげようと、十時間あげようと、全然つらくない。楽しい。その姿見て、子も孫もひ孫も、信心《しんじん》するようになってきたでな。それが一番うれしいです。涙《なみだ》が出ます。

昭和三十五年(一九六〇年)の、あれは秋でした。折伏《しゃくぶく》してもろうてねえ。ほんとにうれしかったあ。なんせ、あの時分《じぶん》は、みんな同じような貧乏《びんぼう》。

その中でも、うちは一番の貧乏でしたもん。

昔は川で野菜を洗うでなあ。流れてくる白菜の端っこを物干し竿《ほざお》で拾って食べたで。米は無い。里に借りに行ったけど、信心したら「おまえらに食べさせる米は無いわい」言われた。

信心したことでばかにされた。ばかにされてもね、「なにくそ、なにくそ。今に良うなる、今に良うなる」と思って、題目あげた。信心した。題目あげてると、池田先生が「絶対に幸せになれるからね」と言うてくれはるようでな。池田先生がいつも、ここ（胸）から見とってくれはる。

……先生……先生。もう題目。題目です。「絶対に良うなる」と教えてもらっとるでよ。

それから何年になるか。働いて働いて働いて。ほいで、ええ方にええ方に宿命転換《しゅくめいてんかん》させていただいて、まあ今日の日になりました。雨ニモマケズ風ニモマケズで題目《だいもく》あげた自分を褒《ほ》めます。

ぜーんぶ、御書の通りや……あら、忘れてしもうた。もし自分が取材されたら言おう、と練習しておいたのに一節も出てこん。どないしよ。ごめんなさい。（関岡《せきおか》さんの御書には、線がたくさん引かれていました）

金もあらへんけども、題目あげては折伏《しゃくぶく》。東京の方まで行きましたよ。着るもんを質《しち》に入れて、行きましたがね。

新聞配達もさせてもろうたんです。暗いうちから、聖教新聞を降《お》ろしてくれはる所まで、取りに行きましたよ。自転車によう乗らんから、稽古《けいこ》した。雪のえらい日は十四キロの道を歩いて豊岡まで行ったがね。新聞配達をやめたいとは思わへんかったねえ。懐かしいです。

信心《しんじん》してなかったら、今日の日はないねえ。つろうても、題目あげたおかげで、今がある。

もう、お金はいらへんなあ。買うもんがあらへん。みんなが持ってきてくれる。風邪もひかへんし、病気もせえへん。たまに足が痛いけど、今が一番、幸せやなあ思います。

どんなことがあっても、池田先生に、ご報告できるような題目を……先生に……先生に。池田先生のこと、これっぽっちも忘れられません。

池田先生が豊岡に来られた時（六八年）に、小さい孫を背負うて走った、走った。先生が目の前にいてはったんですゥ。いてはったのに、「先生！」と言われへんかった。泣けて、泣けて、もう……。本当は抱《だ》きつきたかったで。

池田先生のおかげで百歳になった。そうやで、池田先生が大好きでなあ。目の前に池田先生がおいでになったら、今度は言いたいです。

「池田先生、先生……先生の教えを、わずかながらも、実践しております。

題目《だいもく》、題目、題目ですねえ……ほんっとに。ありがとうございます……ありがとうございます」

▼取材後記

次女の木戸《きど》岡芳枝《おかよしえ》さん（七十三歳、副白ゆり長）が言うのには、加津枝《かづえ》さんは年相応《そうおう》に物忘れが増えたらしい。例《たと》えば、昼食を食べながら「よっちゃん。私、勤行《ごんぎょう》したかいな」「朝の四時にしてたがな」「ほうか、してたか」とか、財布《さいふ》の中身に納得しないと「減っとる。よっちゃん、お金とったか」「孫にあげてたがな」「ほうか、あげてたか」とか。

一方、かつての記憶は色濃く残る。裸電球の下で柳籠《やなぎかご》をせっせとこしらえ、ばかにされようとも冷たい大地に題目《だいもく》を染《し》み込ませ

次女の芳枝さん（右）と

た日々。加津枝《かづえ》さんの言葉に触れると、御書の一節が浮かぶ。「日蓮《にちれん》がたましいは南無妙法蓮華経にすぎたる《過》はなし」（新一六三三ページ・全一一二四ページ）

加津枝さんの全てに、大聖人《だいしょうにん》の魂《たましい》がとどまる。時代を見つめた目。師弟《してい》の一本道《いっぽんみち》を歩いた足。そして、晴れやかな笑顔から、はらはらと流れる涙《なみだ》。それもまた、大聖人と同じ命から湧《わ》き上がる「美しき結晶《けっしょう》」である。

第2章

共に歩む

我慢の先のご褒美《ほうび》

「この人生、ありがたくてたまらんわい」

宮崎県延岡《のべおか》市　興梠《こうろぎ》トシエさん(102)

静かな森に、春の足音が近づいてきた。さえずるウグイスが見え隠《かく》れする。ぽかぽか陽気だったので、興梠《こうろぎ》トシエさん＝地区副女性部長＝と家の周《まわ》りを散歩した。つえ代《が》わりの太い木の棒を握《にぎ》る手は、宿命《しゅくめい》を切り開いた手。急な山道をのぼる足は、四面楚歌《しめんそか》の中を歩いた足。この母の話を聞くと、そんなふうに思えてならない。

（二〇一九年三月十四日掲載）

ようもここまで生きてきたわい。自分でもびっくりしちょります。御本《ごほん》尊様《ぞんさま》になんとお礼の申し上げがありましょう。

先祖《せんぞ》さまは参勤交代《さんきんこうたい》に行きました。その刀《かたな》がどこにいっちょるか、知らん。でも私の小さい頃は、貧乏《びんぼう》のどん底。話にゃなりませんわ。

村一番の貧乏じゃいうて、学校でいじめられよったとよ。足で頭を踏《ふ》みつけられたことも、親には言わん。なぜかならば、八人きょうだいの長女じゃもん。我慢するくせがついとる。泣きたい時は、柱にしがみついて我慢した。まず親の幸せを心に置いちょった。奉公《ほうこう》した十年間、一銭《いっせん》も使わんと家に入れてよ、一年で三十六円。十年目には牛を買ってやった。

戦後は、裸一貫《はだかいっかん》で馬車引きしたり、夫婦でむしろを作ったり、苦労しました。夫の実家に間借りしよりましたけど、力添《ちからぞ》えがないとよ。米一粒さえもらえんが。牛の食べるようなもんを食べよりました。

幸い、夫が専売公社の守衛《しゅえい》さんになったとです。でも酒乱の一等賞にもなったとです。何べん死ぬ目に遭《あ》ったか分からん。暴《あば》れるわ、刃物持って町に出るわ。私はあっちこっちの神様に頼《たの》んだけど、夫におので脅《おど》されるっちゃけん。もう死んでやれ思うて、私は一升瓶《いっしょうびん》の酒を飲み干《ほ》した。でも風呂場で吐《は》いたと。ばかもいいとこやね。

もう平常心でおられんわ。夜中《よなか》に四人の子を連れて「死のうや」ち。高《たか》千穂《ちほ》の大橋まで歩きよった。そげんことを娘が小学校の作文で書いたら、クラス全員泣いたとよ。

昭和三十六年（一九六一年）ですよ。アイスキャンデーを売りよった人ですけどね、それこそ貧《まず》しい格好《かっこう》の人。大阪から来たげな。「信心《しんじん》してみらんね」ち。

高千穂は、神話《しんわ》の里といわれちょる。そこで信心したら村八分《むらはちぶ》じゃ。でも命を絶《た》つようなところから紙一重《かみひとえ》で耐《た》えてきたから、人にけなされようが、どげんされようが、ぐっとこらえて「いつか見ちょれ」ち。

カタカナも読めん父親の言葉が、耳に残っちょったがよ。「物事は鼻で匂《にお》うて、目で見て、耳で聞いて、口で味みて覚《おぼ》え」。その教え通り、この二本の足で毎晩《ばん》歩いてよ、最高の信心《しんじん》を味わったとです。

信心する上で大事なことは、無疑曰信《むぎわっしん》(疑《うたが》い無きを信と曰《い》う)。疑わないことやね。試された時があったとよ。

娘のたか子(六十九歳、支部副女性部長)が三女を産《う》んで百日目じゃ。たか子は夫を亡《な》くしてよ。続けて、四歳の長女も亡くなった。

葬式《そうしき》で、たか子の背中をさすった。「泣くな。我慢じゃ」ち。言うのもつらい。でも我慢した人が、最後に勝つんじゃもん。

たか子は町一番のおんぼろ旅館しよった。私は赤ちゃんをおんぶして洗《せん》濯《たく》したり、布団を干《ほ》したりで手伝った。この子らを人並みにさせずにおくもんか、いう気持ちじゃった。

池田先生が教えてくれたち。つらかったらまず、人の幸せを祈《いの》る。そしたら全部、自分に返ってくるち。御本尊様《ごほんぞんさま》にお願いしたと。世界の隅々《すみずみ》まで、みんなが幸せになりますように。自分のことは、どげんでもいいとよ。「法華経《ほけきょう》を信ずる人は冬のごとし。冬は必ず春となる」（新一六九六ページ・全一二五三ページ）。宇宙大の御本尊様と巡《めぐ》りあわせてもらったことを考えると、なんちゃ怖いものはない。

自分の子以上に抱《だ》いて寝かせた孫がすくすく育って、創価女子短大を出してもろうてよ。イケメン君にほれられて、五年前（二〇一四年）に結婚の運びとなったとです。

横浜の海の見えるホテルじゃ。光の中に花嫁さんが座《すわ》っちょる。たか子はハンカチで目を押さえよる。泣くな、とは言えんかった。思い出したと。高千穂《たかちほ》の大橋から飛び込もうとした夜、たか子が小さい手を引いて、こげん言うた。「お母ちゃん頑張ろうや。生きちょれば、いいことあるが」。目に涙《なみだ》をためとった。

生きるのを何度も諦《あきら》めそうになったけど、我慢だけは人に負けんぐらいしてきた。それは私だけじゃなかったわい。たか子も、「忍辱《にんにく》の鎧《よろい》を着て」（新六〇〇ページ・全五〇二ページ）ここまで来た。優等賞あげたいわい。

式の最後に、優しい曲が流れてきて、孫が手紙を読んでくれたがよ。「おばあちゃん、育ててくれてありがとう」ち。我慢の先に、こーんな大きいご褒美《ほうび》があるとは。涙が出るごた。ハンカチが足らん。

行き当たりばったりでここまで来たけど、今は上げ膳据《ぜんす》え膳で、もう最高よ。みんなのお手本になりたいけど、まだ勉強が足りん。池田先生の心

染み入るような声の勤行。凜とした姿勢で

を頂いて、真っすぐ信心《しんじん》すれば、日蓮大聖人様《にちれんだいしょうにんさま》から表彰状をもらえる気がする。頑張りましょうやね。

題目《だいもく》は宇宙中の宝を集めた命じゃち。寝ても起きても、心の中で南無妙法蓮華経。それはおのずと感謝の一筋《ひとすじ》になるとです。我慢は全部自分持ち。その心に仏《ほとけ》が住むち。この人生、ありがたくて、たまらんわい。

▼取材後記

いやが応《おう》でも「生死《しょうじ》」というものと向き合う老境に入った。トシエさんは「命の限り」という言葉を胸に掲《かか》げる。一日を無駄にしない。病院でも隣《となり》に座《すわ》った人に「この信心は最高だから、やってみてください。すごいことがありますよ」と話す。開花を焦《あせ》らず、いつかどこかで芽《め》が出ることを信じる。その〝生きる手応《てごた》え〟を、心のカンバスに一枚一枚、描《えが》いておられるに違いない。

そう言えば取材中、トシエさんは思い出したように、飾《かざ》っていた写真額を手に取った。ウエディングドレスを着た孫の写真だ。名を呼び、口づけをして、胸に抱《だ》いた。孫夫婦が来る五月を待ちわび、「お小遣《こづか》いをあげてプロレスする」と上機嫌《じょうきげん》。

プロレス？　聞けば、じゃれ合うことらしい。一瞬、バックドロップをするトシエさんを連想してしまった。おまえだけだ、と言われればそれまでですが。

100歳になって思うこと

「人生の第一歩と思って、人のために生きていく」

愛知県豊川市　百瀬《ももせ》 鎮男《しずお》さん（100）

秋が終わり、風が冷《つめ》たくなってきた。学校帰りの児童でにぎわう小さな公園。百瀬《ももせ》鎮男《しずお》さん＝副支部長＝はブランコに揺られながら、ひ孫の未沙子《みさこ》さん（六歳）に話し掛けていた。「みーこは、大《おお》ばあを知らんよねえ」。大ばあというのは七年前（二〇一一年）、ぷいっと来世に旅立った妻・いそのさんのことである。

（二〇一八年十二月十四日掲載）

みーこ、半袖《そで》で寒くないんかいな。子どもは風の子いうけども、ほんと元気じゃやねえ。

「おとこのしわざはめのちからなり」（新一三二六ページ・全九七五ページ）っていう言葉、知っとる？　大《おお》じい（鎮男《しずお》さん）の今があるのは、大《おお》ばあのおかげなのよ。

みーこが生まれた時には、もう大ばあはおらんかったねえ。昔、わしが結核《けっかく》という病気で寝込んで、大ばあが朝早くから働いてな。ボロを着て布団屋やらスーパーやら、実家の農家も手伝いよったたねえ。

夜遅く帰って、長屋の冷たい井戸水で洗濯《せんたく》しよった。あかぎれた手を見て、いつかは幸せにと思ったけど、わしは軍隊上がりなもんで怒鳴《どな》ってばかり。威張《いば》ることで威厳《いげん》を保《たも》つしかなかったに。

大ばあは、幸せを探しとったんかもしれん。いろんな宗教やっとった。

子どもをおんぶして、真夜中《まよなか》に百段ある石の階段を上《のぼ》り下《お》りしよったわね。

わしも働かないかん。そう思っても「しょっちゅう休むやつなんか」言われて、どこも雇《やと》ってくれん。それでもなんとか、腕時計の会社に入れたよ。同僚が帰りに「一杯やるか？」となって、居酒屋に入ったんだわ。そこで座談会に誘《さそ》われてねえ。参加して話を聞いていると、自分も変われるかもと思ったに。

昭和四十二年（一九六七年）に信心《しんじん》してから、うちがにぎやかになったでねえ。みんな泊《と》まって広布《こうふ》のロマンってやつを語り明かしてな。うちから出勤したもん。大ばあはみんなの朝ご飯を作ったに。豆腐のみそ汁作って、まな板の漬物《つけもの》を包丁で切って、ほかほかのご飯をよそうから、「お母さん」と呼ばれて、いっつも池田先生の話をしよったねえ。

大ばあは、ほんと池田先生が大好きだったねえ。いつも夕方になると、おらんなるわけ。「どこ行っとるだ、飯時《めしどき》になって」。こっそり後をつけたら、みんなの家に信心《しんじん》の話をしに行きよった。「仕事終わりの夕飯時なら会えるでな。池田先生にお応《こた》えしないと申し訳ない」言うたもん。

もう全部、大《おお》ばあに任せてきた。子どもの信心も、「信心をやらざるを得んように、御本尊様《ごほんぞんさま》がさせてくれる」と笑っとるだ。

カメラマンしよる俊正《としまさ》（鎮男《しずお》さんの長男、七十一歳、副圏長）だけどね、四十年前に仕事がにっちもさっちもいかん時があっただに。やけになって飲み歩いとったのに、なぜか同じ地区の女子部さんと結婚できたんだわ。

家族ができても仕事がないんじゃあ、やっぱり酒に逃げるしかなかったんだろう。ボロボロになって、大ばあに使ったらあかん言葉を使っただに。「もう死にたいわ」。大ばあが、ぽつりと言うた。

「死にん」

100歳のお祝いを皆が盛大に（百瀬さん提供）

部屋が静かになったに。「御本尊《ごほんぞん》の力《ちから》を信じようともせんで……そんな信心《しんじん》だったら、やめりん」。鬼の顔じゃった。

俊正《としまさ》が信心を頑張り始めたのは、この日からなのよ。目の色が変わっただに。いろんな会社にね、自分の作品を持って頭下げてね、仕事を取ったもん。その陰《かげ》で大《おお》ばあは題目《だいもく》をあげたあげた、そらすごかった。

俊正は生まれ変わっただに。いつだったか、ばあば（俊正さんの妻・芳江《よしえ》さん）に聞いたんだって。「なんで仕事も信心もしなかった愚痴《ぐち》だらけの俺と結婚してくれたんだ」って。答えにわしも、じんと来た。

「お義母《かあ》さん（いそのさん）の信心をそばで見てきたから。きっと、あなたも信心頑張るんだって確信があったの」

ほんと「おとこ《夫》のしわざ《仕業》はめ《妻》のちから《力》なり」で、「百瀬《ももせ》家のしわざは大ばあのちからなり」だに。

大ばあがいなくなって七年になるけど、おかしなもんで、大ばあが近くで応援しとる気がするんだわ。だって病気ひとつせんもん。家族が全員インフルエンザにかかっても、わしだけかからん。

大ばあが最後に言ったなあ。

「すぐに生まれてくるから。また一緒に暮《く》らそう」

そして、みーこが生まれただに。みーこが言葉を話し始めた時、「あんた、いそちゃん?」って聞いたら、うなずいてくれたよ。笑った顔もよく似とる。みーこがお兄ちゃんと腕相撲《ずもう》して勝つまでやろうとするでしょ。あの負けん気の強さなんかも、そっくりだに。

そろそろ六時間目が終わるねえ。お姉ちゃんとお兄ちゃんも帰ってくるよ。寒くなってきたし、みーこ、おうちに帰ろうか。

▼取材後記

鎮男《しずお》さんは昭和五十八年（一九八三年）、豊橋文化会館で池田先生と握手を交《か》わした。「なんとも言えん。ただありがたい」。師へ感謝することが、幸せを生み出す根源と知った。

いそのさんが臨終《りんじゅう》の床《とこ》で鎮男さんに託したのは「百歳まで生きて」だった。わしは死なんぞ、と一日一日を重ねた。いつからか、人の役に立ちながら生きたいと思った。町内会長、老人会長、できることは何でもやった。弟子《でし》として、池田先生に応《こた》えたかった。

約束の百歳が近づくと、「百瀬《ももせ》さんが出るんなら、わしも出て行かんと」とか「やっぱり題目《だいもく》っていいのかね」という声を聞くようになった。「女房《にょうぼう》がわしに一つの使命をくれたような気がしますねえ」

百歳になって思うこと。「人生の第一歩と思って、人のために生きていく」。その心意気を誰もが慕《した》う。鎮男さんが外を歩けば、道行く人から声を掛けられる。できそうで、できない。

四世代で暮《く》らす。地域に根を張る鎮男さんは、家族の誇《ほこ》りだ。もちろん未沙子《みさこ》さんは大《おお》じいが大好き。理由がかわいい。「すぐお金をくれるから」。こりゃあ、お年玉を奮発《ふんぱつ》しないといけませんなあ。

エイサーの月夜

「みんなが幸せになりますように」

沖縄県名護《なご》市
比嘉《ひが》衡《ひとし》さん(91)・富子《とみこ》さん(92)

初めてのデートは月がきれいな夜だった。比嘉《ひが》衡《ひとし》さん=副支部長=は若い頃、富子《とみこ》さん=総合地区女性部長=をエイサー(沖縄の盆踊《ぼんおど》り)に誘《さそ》った。胸が高鳴った。締太鼓《しめだいこ》と三線《さんしん》の響《ひび》きが、互いの距離を近づけた。やがて二人は夫婦となり、思い通りにならない人生をめげず、腐《くさ》らず、共に歩いた。

(二〇一八年九月一日掲載)

衡《ひとし》　私たちは戦争が終わって、極貧《ごくひん》の中で一緒になりました。
富子《とみこ》　すぐに長男の弘禧《ひろよし》と、二年後、次男の玉雄《たまお》が生まれてですよ。米がないから、ソテツの実を湯がいて食べるしかない。そのせいで乳《ちち》が出なかった。
衡　でも二人は頑張って吸いよった。
富子　次男にかかりきりで、長男に手が回らなかった。二歳で亡《な》くなりました。動かない長男の唇《くちびる》を触《さわ》って、ミルクがあればと泣きました。
衡　次男は腎臓《じんぞう》が悪くなって、病院で一年ほどすごしましたか。退院の日は病院の風呂に一緒に入ったさー。でも顔をしかめて腹を押さえていて、腎臓の次は肝臓《かんぞう》と。十一歳で死んだ。人生を恨《うら》みましたね。
富子　だから子どもがおなかに入る時はですね、朗《ほが》らかな気持ちじゃなく、障がいのある子が生まれないか、そのことが頭から抜けませんでした。

三男の里志《さとし》が生まれました。でもポリオでした。長女のゆり子（六十二歳）は元気良く生まれたけど、次女のささえ（五十六歳）はダウン症でした。四男の光弘《みつひろ》（五十四歳、支部長）は未熟児で保育器にしばらく入れられるし。私は自分を責《せ》めて、心が小さくなって、人前に出られなくなった。

衡　おばあ（母のカルマさん）の力添《ちからぞ》えが大きかったさ。

富子　そうです。おばあさんが「会合行っといで」って子守《こもり》をしてくれました。座談会で体験聞くと、やっぱり元気になりますね。

衡　ささえ（次女）は人前では後ろに隠《かく》れるけど、家では甘えよったです。言葉は出ないけど、会合から帰ると、笑って抱《だ》きついてきますよ。

富子　ささえの笑顔を見つめていると、この子たちにとって自分はいい母親だったのだろうかと思う時がある。

衡　だけど小さい村ですから。昭和三十七年（一九六二年）に信心《しんじん》した時、村八分《むらはちぶ》で。陰口《かげぐち》が聞こえて、わじわじ（腹が立った時に使う沖縄の言葉）。文句《もんく》も言いたくなりますよ。だけど、おばあが「ちゅうの悪口や、してぃれ（人の悪口は捨てなさい）」と言いよったさ。

富子《とみこ》　私も教わりました。いろりの火を囲《かこ》んでさー。「人のいい所だけを見なさい。それを自分の腹に落として宝にしなさい」

衡《ひとし》　沖縄には「口から、しーらいーる（災《わざわ》いは口から入る）」という言葉があるんですよ。「わざわい《禍》は口より出でて身をやぶる《破》。さいわい《幸》は心《こころ》よりいでて《出》我《われ》をかざる《飾》」（新二〇三七ページ・全一四九二ページ）の通り。文句は言わない、言わないさ。

富子　おばあさんは嫌な顔もせず、私の苦労をいつも支えてくれた。だから私はどこでも学会活動に行けたんです。船をみんなで貸し切りにして、内地の会合にも行きました。話を一つでも多く土産《みやげ》にしては、地区の人に伝えましたね。

衛　私はとにかく働いた。林業もやるし、土木もやった。おばあがよく、てびち（豚足《とんそく》）を作ってくれたから力《ちから》が出たさー。

富子　つらいことを忘れようとしてますけど、頭から離れません。三男も二十五歳で亡《な》くなって。……やっぱり、その話はしたくない。

衛　だけども、信心《しんじん》だけは絶対捨てない。信心があって、自分たちは救われているんだから。

富子　戦争で集落を全部焼かれ、育てた子に何人も先立たれ……。海に身を投げたら、どうなるだろう。何度も思いました。

衛　でも池田先生の沖縄へのお心が、私たちの命にあるんです。「誰よりも　誰よりも／苦しんだあなたたちこそ／誰よりも　誰よりも／幸せになる権利がある」。そうだ、その通りだと思って、池田先生に応《こた》えるんだと。それしかないですよ。

富子《とみこ》 「沖縄健児の歌」を何度も歌ってきました。地獄のつらさがあろうとも、「命をかけて　ひと筋《すじ》に　仏意《ぶつい》を奉《ほう》じ　示さんと」。その覚悟《かくご》ひとつで、地区婦人部長（当時）をやらせてもらいました。座談会に地域の人もいっぱい来て、にぎやかでやー。八十歳を過ぎた頃ですか、やっと自分の笑顔が出た気がします。

衡《ひとし》 私は地区部長を三十年やらせてもらったさー。六人の子が笑顔をくれたり、命の尊《とうと》さを教えてくれたから、わずかながらでも夫婦で広布《こうふ》のお役に立てるのかもしれません。

富子 おばあさんがポツリと言ってくれたんです。「宿命《しゅくめい》に泣く母なら、子は信心《しんじん》を継《つ》がなかったろう」。重い荷物をやっと下《お》ろせたような感じです。

衡 これ、見てください（部屋の壁《かべ》に、正装に身を固めた二人の大きな写真

「イチャリバ・チョーデー（行き会えば、皆、兄弟）」のごとく、
沖縄の海風は、友の心と心を結ぶ

が掲《かか》げてある)。八十八歳米寿《べいじゅ》のお祝いに、夫婦で写真館に行ってきたさー。
富子《とみこ》　はい。黒の留袖《とめそで》を着て写《うつ》りました。和《なご》やかな顔をしてたんですかねえ。その写真がしばらく、ガラス張りのところに飾《かざ》られていました。笑ってください。
衡《ひとし》　ここまで笑顔を消さずにこられたのも、御本尊様《ごほんぞんさま》と池田先生のおかげだと思ってます。祈《いの》りは全部、かなってます。かなってるんです。なんと言っていいか……。年取っても、みんなから「おじい、おじい」と呼ばれてる。これでいいんじゃないですかねえ。
富子　人の前にも落ち着いて出られるようになりました。毎日、集落の人の名前を呼んでは題目《だいもく》を唱《とな》えていますよ。みんなが幸せになりますように。そういう信心《しんじん》をしています。
衡　この夏にですね、光弘《みつひろ》夫婦がささえを盆踊《ぼんおど》りに誘《さそ》ったんです。ささえは大変喜んでですよ。手はみんなと合わせきらんけど、音に合わせて踊ったさー。

富子　ささえが、みんなの輪に入ったこと、私も大変喜んでいます。

衡　お母さん、あの日のエイサーも月がきれいだったねえ。

富子　もう昔のこと、忘れてしまいましたよ。

目見えぬ姉の心眼《しんがん》

「恐れなく題目《だいもく》あげていくですよ」

長野県御代田《みよた》町　荻原《おぎわら》 さくじさん（91）

その和歌には、胸にあふれる懐旧《かいきゅう》の情が見える。「わずらいし／姉を抱《だ》きしめ／幾々夜／泣いたあの日を／いつに忘れじ」。荻原《おぎわら》さくじさん＝女性部副本部長＝が、目の見えぬ姉を思って詠《よ》んだ。九十三歳の姉は今、病院で暮《く》らす。

（二〇一九年八月一日掲載）

姉が失明したのは終戦の年だった。二十歳で結核菌《けっかくきん》が目に入った。光を断《た》たれて死を思い、泣き崩《くず》れた。

土壁《つちかべ》の隙間《すきま》から雪が舞《ま》い込む家には、病身の母、小学生の妹が二人いた。父を亡《な》くし、さくじさんが暮《く》らしを支えた。姉を病院に連れていくお金も、盲《もう》学校へ通わせる蓄《たくわ》えもなかった。

からしを溶《と》いて背中に塗《ぬ》れば結核に効《き》く、と誰かに教わった。わずかな希望にすがり、姉の細い背に塗り込んだ。赤くなり、ひりひり痛むだけだった。

絶望する姉の前で、さくじさんは手をついた。「おれが一生、姉さんを面倒みるからよ。それで承知《しょうち》してくれや」。血肉を凝縮《ぎょうしゅく》させたような声だったに違いない。十七歳の誓《ちか》いを貫《つらぬ》き、さくじさんは九十の坂を越えた。

＊

私は「荻原《おぎわら》さくじ」っていうです。姉が「いそ」っていうです。雨がどんどん降る日でした。姉さんが「目が良くなるなら、おらだけでも信心《しんじん》させてくれや」って、昭和二十八年（一九五三年）に信心したです。私が隣《となり》に座《すわ》って勤行《ごんぎょう》を一行ずつ教えたです。

姉さんは、私の肩に手を置いて歩くです。夫と三人で、一軒ずつ信心の話をしましたに。そしたら常会を開かれて「村に置けねえ」とか、「目が見えたら逆《さか》さ歩きしてやる」とか、大騒ぎになったです。

どんなに笑われても、姉さんと座談会や幹部会に行きました。鳥肌立つほど歓喜《かんき》するですよ。今に見ろ、今に見ろ。必ず幸せになるだ。

〽我いま仏《ほとけ》の　旨《むね》をうけ／妙法流布《みょうほうるふ》の　大願《だいがん》を／高くかかげて　独《ひと》り立つ／味方は少なし　敵多し

そう歌っちゃあ、御代田《みよた》の駅から帰るです。

うれしいことがあったですよ。座談会から帰って姉さんが言うです。「今日は蛍光灯《けいこうとう》の光が見えた。おまえの着てるかすりも見えたよ」。一緒に万歳《ばんざい》して泣きました。けども姉さんは、昼と夜の境《さかい》がだんだん分からなくなったです。

そうこうしてると、夫が夜中《よなか》にシクシク泣くですよ。泣きやんだらバイクで飛んでっちゃう。昭和四十年代から平成の初めまで入退院を十七回。躁鬱《そううつ》病でした。それでも夫は病気の合間《あいま》をみて、屋根の仕事をしてくれたです。

いつだったか、池田先生とお会いしたことがあるですよ。どなたからお聞きになったですかねえ。「お姉さんのこと、何でも知ってますよ。にしんの昆布巻きを上手に煮《に》るんでしょ」って。

そうです。姉は田植えの時、にしんの昆布巻きを煮るですよ。昆布が口の中でとろけて、「いそちゃんの昆布巻きが食べたくって田植えに来たよ」って言う人がいたくらい。

家のことは全部、姉さんがしてくれたです。私が畑から戻ると、「今日はおそばだよ」って、そばを手探《てさぐ》りで打ってました。布団の洗濯《せんたく》もしちゃうし、風景の詩も作っちゃう。「おらな、目が悪いなんて思ったことないよ」って笑うから、心が涼《すず》しくなるです。

十三年前（二〇〇六年）、私に結腸《けっちょう》がんが見つかって、二年して再発したですよ。夫も病気で寝たきりになったから、私がお風呂とかトイレに連れていくです。

姉さんはずっと不安そうでした。そして行動が少しずつおかしくなったです。病院で診《み》てもらったら、「認知症が始まってます」。ああ、なんでこんなに続くだろう。これでもか、これでもかってぐらい。

私は御書を八回通して読んできたです。「いまだこりず候《そうろう》」(新一四三五ページ・全一〇五六ページ)ってあるですよ。最後の最後で、それが出たです。みんなそれぞれの使命あってのことだから、題目《だいもく》あげて頑張るしかねえや。

夫をみとって、姉さんを家で二年みました。夜騒ぐです。体を押さえて、落ち着くまでそばにいて。寝顔のほっぺを両手で包《つつ》むと、若い日を思い出すですよ。

割り算が苦手だった小学生の私に、頭をつき合わせて教えてくれたこと。学会活動の帰りに姉さんと走って転《ころ》んで、最終列車に飛び乗ったこと。そして、十七歳の私に「おまえの世話になるけども」って頭を下げてくれたこと。その時、畳《たたみ》にぽつりと涙《なみだ》が落ちたです。

生きなきゃ。どんなことしてでも生きなきゃ。「いかに強敵《ごうてき》重なるとも、

ゆめゆめ退《たい》する心《こころ》なかれ、恐るる心なかれ」（新六〇五ページ・全五〇四ページ）ってある。恐れなく、題目《だいもく》あげていくですよ。御本尊様《ごほんぞんさま》はな、絶対見捨てることねえだから。

姉さんを病院にやっちゃって、本当はつらいです。つらいけども、今が一番幸せです。地獄の中にも、やっぱり仏界《ぶっかい》があるですよ。

病院に行くと、いつも池田先生の話をするです。昭和五十四年（一九七九年）の長野研修道場で、姉さんと私の肩を池田先生が抱《だ》いてくだすったです。「目が見えなくたって、幸せになればいいじゃないか。必ず心眼《しんがん》が開くから」。昔お目にかかった戸田先生と、全《まった》く同じ言葉を掛けてくれましたに。そして姉さんの目をかるーくもんでくれたですよ。「明日からは未来が開くからね」って。私の涙《なみだ》も拭《ふ》いてくだすったです。

会長を辞任したことなんかみじんも見せずに、池田先生は平然としておられましたよ。それこそ未来を開かれたようでした。私は姉さんに「そのことを忘れちゃいけないよ」って言うです。「忘れるもんか」。そうやって笑い合う時、これが仏界なんだって思います。

人生、つらいことがたくさんありました。貧《まず》しさに泣いた。家庭でも泣いた。それでも、姉さんが見えない目で、私をずっと見てくれましたに。優しくって、強くって。姉さんがいないと弱虫《よわむし》な私ですが、わが人生に悔《く》いなし。悔いなしです。

▼取材後記

十七歳の誓《ちか》いを貫《つらぬ》くという重み。そんなありふれた表現では片付けられないような姿勢を、目《ま》の当たりにした。

四人部屋の廊下側に、いそさんはいた。ちょうどお昼の時間だった。さくじさんは、姉のベッドを起こし、スプーンですくった重《おも》湯《ゆ》を口に運んだ。なかなか食べてくれずとも、優しい言葉を添《そ》えて食べさせた。さくじさんの額《ひたい》に汗が浮かんだ。ハンカチでさっと拭《ふ》いた。何度も何度も、気配を消すようにして拭いた。

やっと食べ終えた姉の髪を櫛《くし》でとかし、ベッドを戻した。姉のうれしそうな温顔《おんがん》を、うれしそうな面《おも》持ちで見つめ返す。さくじさんは姉の肩まで布団を掛け、隣《となり》のイスに腰を下《お》ろし、静かに寝息を待っていた。

姉の匂《にお》いのない暮《く》らしには、胸に一点の寂《さび》しさがあると言う。家と病院。離れてはいるが、ふと心に長野研修道場でのことが浮かぶ。つながる思い出がある。つながれる言葉がある。

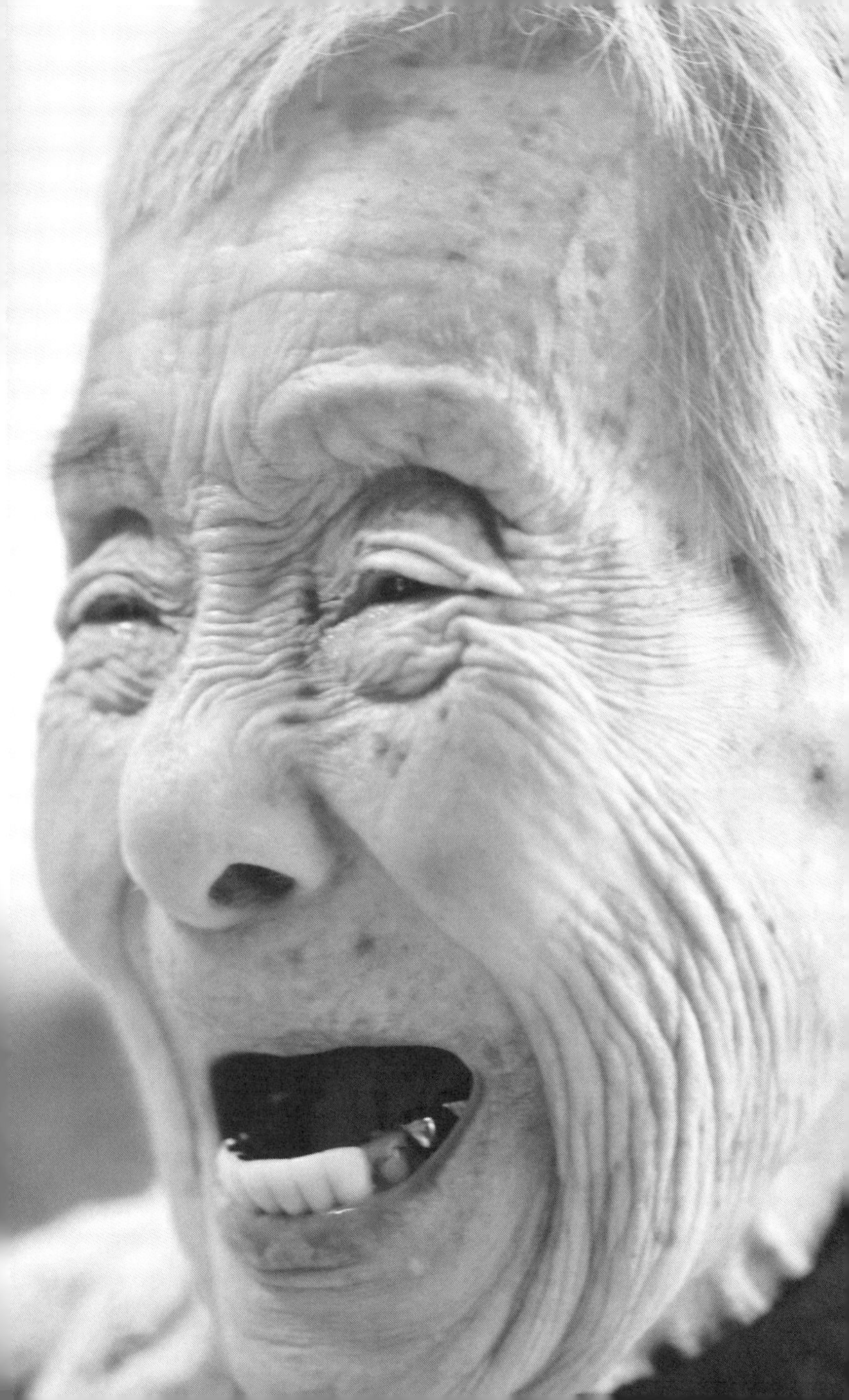

「題《だい》目《もく》は勝ち鬨《どき》ですから」

栃木県足利《あしかが》市　渡辺《わたなべ》 キンさん（98）

恥ずかしながら、「こねどり」という呼び名を知らなかった。餅《もち》つきの時、きねでつく合間合間に餅をこね返す人のことである。「いまさら何を」というお叱《しか》りが、あちこちから聞こえてきそうだが、ともあれ、渡辺《わたなべ》キンさん＝女性部副本部長＝には、こねどりを務《つと》めた、それはそれは大切な思い出がある。

（二〇一九年十二月三日掲載）

少し話をしたいと思うんですが、耳が遠いもんでねえ。うまく話せなかったら、勘弁《かんべん》してくださいな。

まあ長い月日、いろいろありました。自分じゃどうにもなんないから、いいこともつらいこともぜーんぶ、御本尊様《ごほんぞんさま》に報告しましたもの。題目《だいもく》しか解決できないと思ってねえ。みーんな題目で勝ち取りましたよ。アハハ。

生活は大変でしたねえ。主人は飽《あ》きっぽいのか、会社をすぐ辞《や》めちゃう。子どもが三人いましたから、私がなんとか生活の足しにという気持ちで働きました。

近所に芸者さんが多かったもんで、和裁をしたんですよ。振り袖《そで》だの訪問着だの江戸棲《えどづま》だの縫《ぬ》って、ほそぼそと暮《く》らしたわけです。

貧乏《びんぼう》が染《し》み付いちゃったけど、泣かないです。絶対泣かない。めそめそしてるようでは、生き抜けない時代でしたから。大正生まれだもの。引かない性分《しょうぶん》なんですよ。

昭和三十年（一九五五年）の一月に信心《しんじん》しました。戸田先生にもお会いしました。当時は信心した家がこの辺で七軒だけ。主人がバイクで聖教新聞を配るんだけど、田舎《いなか》だからぽっつんぽっつん（離れている）でしょ。時間がかかりましたねえ。

相手がどうであれ、主人と折伏《しゃくぶく》しましたよ。何年かしたら、この家に八十人集まるぐらいになりました。廊下が二回ほど抜けましたけど、こつこつ努力したわけです。

池田先生が褒《ほ》めてくださいましたよ。昭和五十三年（七八年）の十二月二十六日、先生と足利《あしかが》会館（当時）で記念撮影したんです。先生は主人の肩を「良かったね」ってぽんぽんとしてくれました。

撮影の後、足利《あしかが》が大発展した祝賀の餅《もち》つきを、池田先生としたんです。代表して私がこねどりをすることになったから、頭が真っ白になりましたよ。「いくつ、つくんですか」って私に聞かれたそうだけど、何を答えたかも覚《おぼ》えてない。

私はバケツの水に手をつけて、池田先生がきねをあげた時に、広がった餅をこね返しました。餅つきは呼吸が合わなくちゃ、手をついたりしますからねえ。

「よいしょー、よいしょー」

先生が餅をつく音と、周《まわ》りの掛け声もぴったり合いました。先生は臼《うす》のふちを一つもたたくことなく、お餅をついてくださったんです。ほんとに幸せな日でしたねえ。

みんなで後片付けしてると、池田先生が、あがってらっしゃいって呼んでくださったから、私も会場に入りました。ピアノで「荒城《こうじょう》の月」を弾《ひ》いてくださいましたよ。忘れるもんですか。池田先生が会長を辞任される四カ月前のことですもん。辞任の報は今思い出しても悔《くや》しいですよ。だけど胸の中で響くんです。

「よいしょー、よいしょー」

池田先生がきねを振り下《お》ろすたびに掛けたみんなの声が、宗門への怒りだったように感じるわけです。勝ち鬨《どき》が上がったようにも聞こえました。私は、悔しさを晴らすんだという気持ちで、折伏《しゃくぶく》してきましたよ。だから今があるんだと思います。

和裁の仕事を九十一歳までやりました。呉服《ごふく》屋さんから、返品が一つもないのが、ささやかな自慢です。

散々、針と糸にお世話になった人生だけに、身に染《し》みる言葉があるんです。新聞で見たのかなあ、池田先生が針と糸の話をされたんですよ。着物が仕上がると、糸は残るけども針は残らないんだ。僕は針でいい。みんなが人材の糸になれ——そんな話だったかと思います。

私にはね、和裁の一針一針が、あの餅《もち》つきと重なるんですよ。

昭和五十三年の十二月って、一番大変な思いをされてる時じゃないですか。にもかかわらず、池田先生はみんなが喜ぶなら、ってコートを脱《ぬ》いで、鉢《はち》巻きと前掛けをして、きねを明るく持ってくださったんです。自分がどんな状況になろうとも、私たちを温かく包《つつ》んでくださった。あれはただの餅つきじゃない。餅をついて、新しい出発の日にしてくださったんです。

肝心なのは、池田先生と足利《あしかが》は呼吸がぴったり合ったってことじゃないかなあ。何があっても池田先生についていく。出陣の餅つきだと思うわけです。

「今は毎日が幸せです」とキンさん（中）。左が長男の昇さん、
右が昇さんの妻の恭子さん

それから四十一年です。いろんな御書読んでるけど、あの御文《ごもん》は忘れられません。「法華経《ほけきょう》を信ずる人は冬のごとし。冬は必ず春となる」（新一六九六ページ・全一二五三ページ）。本当にその通りになりました。嫁の恭子《きょうこ》（七十二歳、支部副女性部長）がよく世話してくれる。こうして幸せに暮《く》らしてるのが、御本尊様《ごほんぞんさま》の答えだと思いますよ。

「よいしょー、よいしょー」

今も池田先生と餅《もち》をつく思いで、題目《だいもく》をあげています。題目は勝ち鬨《どき》ですからねえ。

▼取材後記

キンさんとこたつにあたりながら、いろんな話を伺《うかが》った。

七十七歳で逝《い》った夫の保《たもつ》さんは、ちゃぶ台をよくひっくり返したこと。ちょっと前まで水泳をやっていて、背泳ぎが得意だったこと。旅行も散々したから悔《く》いはないこと。そういえば、そろそろ餅の季節ですねえ。

「餅は今食べないの」。どうしてですか。「上の歯が無いから、かめないの」。へえ、そうなんですねえ。好きな食べ物は。「特にないけど、味は濃いめです。とにかく、しょうゆはたくさん入れますよ」。塩分は大丈夫ですか。「大丈夫。まだ生きてますから」。塩分、気をつけた方がいいですよ。「今度からそうします」

後日、長男の昇《のぼる》さん（七十五歳、副本部長）に電話で聞いた話。

「ばあちゃん、豆腐にしょうゆをドボドボかけてたよ」

……せめて減塩しょうゆでお願いします。

1万円札を2万円に使う信心《しんじん》

「余《よ》事《じ》を交《まじ》えず題《だい》目《もく》あげんの」

宮城県仙台市　原《はら》 今《け》朝《さ》治《はる》さん（100）

まず、謝っておきます。卑《いや》しい心根《こころね》ですみません。このお方の金庫をのぞいてみたくなりました。原今朝治《はらけさはる》さん＝副本部長＝がひょうひょうと「金庫にお金入れとくと、増えることはあっても減ることはないの」なんて話すもんだから……。おい、真面目《まじめ》にやれ、という読者のお叱《しか》りを脳裏《のうり》に浮かべつつ、改《あらた》めて原さんと向き合う。燃えるがごとき人生哲学に、性根《しょうね》を正された。

（二〇一九年十月一日掲載）

酒もタバコもやらないし、バクチもやらない。だから百歳まで生きたんだっちゃ。やることはのろくなったけど、まあ元気でいられるのは幸せだね。百年生きてるから、「人生とは?」ってよく聞かれんの。何をしゃべるか。「どんな小さなことでもやり切れ。そこに幸不幸の鍵《かぎ》があるぞ」、なーんて答えんの。ほんとは大《たい》した男でねんだから。

もうねえ、女房《にょうぼう》（君子《きみこ》さん）に亡《な》くなられて十三年。子はいませんから、一人で自炊《じすい》したり、なんだかんだしてんの。だから元気でいるんじゃないスカ。どうやら百十歳までは生きるようだね。そんな自信があるよ。

昭和二十七年（一九五二年）から、曲がりなりにも信心《しんじん》やってきたわけだ。電気店してたの。金が入らなかったり、材料が買えなかったり、いろんな苦しみがあったわけ。

「そりゃあ題目《だいもく》が足りないんだ。金が出るまで題目あげろ」って、戸田先生に言われたの。俺の車はライトバンだからねえ。ガタガタだけど気持ちよく乗ってくだすった。

御書をもらったの。「何ページに何があるか、頭に入るぐらい勉強しろ。やるかやらないかは、あんたの自由だ」。そっから読み書きを勉強したんだ。

戸田先生が亡くなられて、東京飛んでった。線香一本あげて、泣いたんだ。俺の人生もこれで終わり、という考え方ね。六年も信心から離れたの。「あんたの信心は途中で投げ出すような信心だったのスカ?」なんて女房に言われても、勝手にしろってなもんだ。

もう徹底的にみじめな生活だったね。どんなに働いても赤字だもん。やることなすこと全部おかしくなってくの。怖いのは、おかしくなってんのを感じないの。そこなの。「この信心は、やめても分かるぞ」。全《まった》く、戸田先生の言う通りだ。

池田先生が仙台に来るって聞いて、飛んでった。昭和三十九年（六四年）、一番前で聞いたよ。びっくらしたねえ。戸田先生と全《まった》く同じことを話されてる。池田先生の迫力《はくりょく》で腹が決まったの。折伏《しゃくぶく》しかないんだって。人を救う役目があるわけです。

池田先生の言葉を手当たり次第、読んだよ。あったかい気持ちになる。そうねえ……戸田先生は駅のホームで汽車の窓開けて、両手出してくれるの。握《にぎ》ると綿《わた》みたいなの。池田先生と握手したことはないよ。でも池田先生の言葉には、戸田先生と握手したのと同じぬくもりを感じたね。

信心《しんじん》頑張ると、仕事もうまくいくわけですよ。電柱に上がって高圧から低圧から、全部無事故。人ができない工事もやった。電力会社から表彰さ

地元の女性部の友と自宅で談笑

れたの。

若い衆《しゅう》三人雇《やと》ってたんだ。女房《にょうぼう》が死んだ時、兄ちゃんたちはわんわん泣いたね。「なんだ、みっともねえ。やめろ」って注意したけど、鼻水すすりながら、「奥さんはこうだったんです」って聞かされて……。女房はいつも夕方になると、表に飛んでって、兄ちゃんたちを追っ掛けんの。俺に見せないように、小遣《こづか》いを渡してたんだって。そんなのちっとも知らねえの。うちに余裕があるわけじゃないんだ。生活の中からひねり出してたわけですよ。俺の着るものは新品でも、自分の服は修理してた。靴下《くつした》なんかも、きれいに継《つ》いである。貧乏《びんぼう》に見せないの。これが女房の技術でしょうね。

思えば、女房の題目《だいもく》があってこそ、俺は池田先生の所に飛んで行けたんだと思います。あの日、家帰ったら、女房は台所でもって「お帰りなさい」と言っただけ。どうだった、とか聞かねえの。だから俺、女房の背中に

「信心《しんじん》やるよ」って言ったのさ。それだけ。結局、女房の手のひらで生かされてきたようなもんだね。だから良かったんだ。池田先生が、今日の創価学会があるのは女性の力《ちから》だ、って。全《まった》くその通りです。

今はもう、勤行《ごんぎょう》と唱題《しょうだい》することが私の人生なの。他には何も用がねえから。この信心から離れて、幸せはつかめないよ。だって幸せというのは、唱題をしていくこと。それしかないですよ。

なぜ、題目をあげるか。そう考えた時に、御書（全集）の八七二ページが出てくるわけです。「信心強盛《ごうじょう》にして、ただ余念《よねん》無く南無妙法蓮華経と唱《とな》え奉《たてまつ》れば、凡身即仏身《ぼんしんそくぶっしん》なり」（新二二二三ページ）

境智《きょうち》冥合《みょうごう》ってあるけど、御本尊様《ごほんぞんさま》とピタッと密着する題目。妻は夫を慕《した》い、夫は妻のために命を捨てる。親は子を守り、子は母から離れない。

これが御本尊様《ごほんぞんさま》との関係だと思う。

余事《よじ》を交《まじ》えず、題目《だいもく》あげんの。早く言えば「池田先生」って命で呼びながら題目あげんの。御本尊様と一体になった時、己心《こしん》の魔《ま》に勝てる。元品《がんぽん》の無明《むみょう》を破《やぶ》れる。それが人生の目的だと思うわけです。

だからね、ほんとーの生き方っていうのを、今初めて味わってますよ。自分は法華経《ほけきょう》の行者《ぎょうじゃ》という、その一念しかないわけ。宇宙に降る雨は数えられるけど、一遍の題目の功徳《くどく》は数えられない、って御書にあんだ。

題目の力《ちから》を信じなきゃ。母親が子におっぱいあげるように、御本尊様が功徳をくださいますよ。思っただけで何もかも全部そろうんだから。誰かがおかず持ってきてくれるし、一万円の買い物に行って二万円分の品物が手に入る。金庫のお金は増えることはあっても、減ることはない。こりゃー不思議《ふしぎ》なもんだ。だから「一万円札を二万円に使う信心《しんじん》しろ」、なーんて偉《えら》そうにしてるよ。

ま、何があっても信心だけは離れない方がいいね。それが答えだと思うよ。

▼取材後記

今朝治《けさはる》さんの後ろで唱題《しょうだい》させてもらった。余念《よねん》無くの祈《いの》り。鈴《りん》の音に交じって、小さい声がした。「不肖《ふしょう》の弟子《でし》ですが、広宣流《こうせんる》布《ふ》のために力を出させてください。知恵を出させてください。お役に立ちたいです」。現在、デイサービスで知り合った人を折伏《しゃくぶく》している。

ただ一つ、悔《く》いがあるという。

「女房《にょうぼう》をもっと大事にすれば良かった」

一人暮《ぐ》らしが始まって、妻の偉大《いだい》さを思い知った。炊事洗濯《すいじせんたく》、電気店の仕事、貧《まず》しさを支えた手腕《しゅわん》、貫《つらぬ》いた笑顔……。それらに目が向かず、感謝の言葉を伝えられなかった。

心の幹《みき》に後悔を刻んだ。だからこの人は、地域の皆から慕《した》われる。婦人部（当時）の友に会うと、「ありがとう」と頭をゆっくり下げるという。それは君子《きみこ》さんへの罪滅《ほろ》ぼしではない。君子さんへの尽きせぬ感謝なんだと思う。

最後に聞いた。創価学会が未来に広がる鍵《かぎ》は何か？　目を真っすぐ据《す》えての即答だった。「女性を大切にすること。これです」。原翁《はらおう》の答えこそが、人生百年時代の応援歌。

第3章

朗らかに生きる

「花いっぱい 幸せいっぱい 年いっぱい」

東京都足立《あだち》区　中野《なかの》 季《すえ》さん（103）

中野季《なかのすえ》さん＝地区副女性部長＝は面《おも》白《しろ》い人で、頭をポコポコたたくと、何やら五七調《ごしちちょう》が出てくるそうだ。これがまた傑作《けっさく》で、大学ノートや包装紙の裏に、自分の字で書きためていらっしゃる。花鳥風月《かちょうふうげつ》を歌い、日常生活を率《そっ》直《ちょく》な視線で詠《えい》ずる百三歳のひとりごと。人生の足跡とともに紹介します。

（二〇一七年七月一日掲載）

どっこいしょどっこいしょで長生きし
手も足も使いすぎだとストライキ
カタカナにふりがなほしい百年生
支えられ長生きしてますありがとう
一休みコーヒー入れて考えよう
まだやれるまだできるんだ今でしょう
節分の豆の数両《りょう》の手にあふれ
ハナミズキ遠回りしてお買い物
ふれ合うもときめき合うも春の旅

＊

東京は墨田《すみだ》区の生まれ。七人きょうだいの四番目だった。幼《おさな》い頃から引っ込み思案《じあん》で、夏目漱石《なつめそうせき》、森鷗外《もりおうがい》などの、兄から譲《ゆず》り受けた文学全集を友とした。

時代に翻弄《ほんろう》された若き日々。関東大震災《だいしんさい》で焼け出され、大空襲《だいくうしゅう》で逃げ惑《まど》った。家に焼夷弾《しょういだん》が落ちたが、不発弾で命拾いした。赤紙《あかがみ》一枚で戦地に駆《か》り出された弟が戦火に散った。その知らせに父は「何が万歳《ばんざい》だ」と憤《いきどお》り、母は膝《ひざ》から崩《くず》れた。両親とも、戦後の混乱期の中、日本の夜明けを見ることもなく逝《い》った。

＊

青い空悪夢であれと終戦日
わが宝育子律子《たからいくこりつこ》と申します
物事はプラスマイナス気の持ちよう

感謝して宝の人生生き抜こう
生きること生き抜くことの日々挑戦
心こそ大切なれとオモテナシ
人生はかかわる人で変わるもの
日々あらた明日は何が待っている
ありがとうおかげさまです忘れまい

＊

結婚すれば幸せになれると信じていた。吹けば飛ぶような古いアパートに住んだ。夫が倒れて働けなくなると、季《すえ》さんは着物を米にかえ、夜な夜な和裁の糸を通した。

日々の食事にも事欠く暮《く》らし。将来を悲観し、子どもを連れて死のうと

台所にも毎日立つ。得意料理は「煮物かなあ」

思ったことは、一度や二度ではない。
人生を強く生き抜く礎《いしずえ》を得たのは昭和三十一年（一九五六年）だ。信心《しんじん》を
始めた日、「わが家に太い柱が立ちました」。

＊

花いっぱい幸せいっぱい年いっぱい
恩返し皆の幸せ祈《いの》る日々
わが宝《たから》よき師よき友よき家族
白《しら》ゆりの笑顔かこんでグループ座
十五夜に昔ばなしを語ろうか
子に教え子に教えられる信心を
福運《ふくうん》も愚痴《ぐち》と文句《もんく》で消えてゆく

十界《じっかい》のわが生命の置きどころ
花を愛《め》で体験語る垣根《かきね》越し
それご覧この素晴らしき実証《じっしょう》を

＊

疑《うたが》うことを持ち合わせず、「蒼蠅《そうよう》、驥《き》尾《び》に附《ふ》して万里《ばんり》を渡り、碧蘿《へきら》、松《しょう》頭《とう》に懸《か》かって千尋《せんじん》を延《の》ぶ」（新三六ページ・全二六ページ）のままに折伏《しゃくぶく》に歩いた。「あんたが貧乏《びんぼう》から抜けたらやるよ」と冷遇《れいぐう》された。

腹には師弟《してい》に生き抜く覚悟《かくご》があった。自身が「生涯の宝」と呼ぶ、池田先生との記念撮影（七一年十二月）には、姉が仕立てた着物で参加した。「人生の師を持つってこと」を、力《ちから》の限り語り歩いた。「しっぽの先っぽの先っぽにくっついてきた。今はもう最高の人生です」

*

最高の人生なりと胸を張り
仰《あお》ぎ見る落花《らっか》浴《あ》びゆく車いす
湯上がりの菖蒲《しょうぶ》で結ぶ洗い髪
富士の如《ごと》く仰がれてこそ敬老会
凜《りん》と咲く白ゆりの香《か》によみがえり
残すまい心の隅《すみ》まで大掃除《おおそうじ》
かけ声で立ちふるまいドッコイショ
桃かおる幸せ笑顔のだいりさま
寝転《ころ》んでレンゲ畑の空の色
信心《しんじん》のバトンタッチでゴールイン

＊

不遇《ふぐう》と貧《まず》しさに負けず、人生を愉快《ゆかい》に生きた。暮《く》らしには「常備薬も補聴器もない」。趣味は「クロスワードパズル」。長生きの秘訣《ひけつ》は「あんまり気にしないこと」。デイサービスは「まだ早い」。娘から「たまに動く化石と呼ばれてます」。好きな言葉は「作家・吉川英治《よしかわえいじ》の『我以外皆我師《われいがいみなわがし》』」。自慢といえば「私の周《まわ》りにいい人ばかりが集まってんの」。信心六十年、「やっぱり素直《すなお》が一番ね。途中下車はだめよ」。これからの目標は「実証《じっしょう》を示すことじゃないかしら」。最後に一言、「いつお迎えが来ても結構よ」。上品で機知《きち》に富《と》む洒落《しゃれ》を挟《はさ》んだ取材中のラリー。お見事と言うほかない。

＊

この先は分からねど買う五年日記
この命残る使命を果たすまで
師弟不二《していふに》永遠《とわ》に変わらじ師弟不二
これからがわが人生の折り返し

（ここからは本人いわく上級編）
妙法《みょうほう》の得《え》難《がた》い同志の多ければ
　　老いゆく年も忘れ去《さ》るなり
輝ける笑顔に秘《ひ》めし力《ちから》あり
　　広宣流布《こうせんるふ》は婦人部にまかせて
生涯を青春と心に決めたれば
　　楽しく生きん終《つい》の日までは

天《てん》かける祈《いの》りの唱題月光《しょうだいげっこう》の
　平和の声に和《わ》して虹《にじ》立つ

忍辱《にんにく》のよろいもいつかはほころびて
　繕《つくろ》うことの糸の強さを

＊

座卓を挟《はさ》んで話を聞いていると、一枚の便箋《びんせん》をさりげなく目の前に置かれた。鉛筆の丁寧《ていねい》な字で、五七調《ごしちちょう》が並んでいた。温かい目をして「あなたに」と。

〈初対面にっこり笑顔をプレゼント〉

行間《ぎょうかん》に限りなく広がる世界。ここは、腕をまくって返歌をひとつ。

〈ありがとう季《すえ》さんほんとにありがとう〉

ひねり出したこのレベル。精進《しょうじん》せねばなるまい。

「食べ物がない時は題目《だいもく》をご飯のつもりで食べてたよ」

神奈川県横浜市　鶴岡《つるおか》 美枝子《みえこ》さん（92）

どんなにつらくても、いつかは笑って話せる時が来る。鶴岡《つるおか》美枝子《みえこ》さん＝地区副女性部長＝の愉快《ゆかい》な言葉にそう思う。「私いい女でしょ」「何でもバラ色に見えちゃう」「生きるのが楽しいって顔に出てんの。分かる？」とこんな具合。辛酸《しんさん》を味わい尽くしたからこその呵々大笑《かかたいしょう》に、人生がじわり。

（二〇一七年十月十三日掲載）

マジで

御本尊様《ごほんぞんさま》の前に座《すわ》ることが、どんなに素晴らしいか。私はね、御本尊様を恋《こ》い慕《した》ってんのよ。マジで。

毎日さ、題目《だいもく》をあげて、あげて、夜になんの。御本尊様が「お休みだよ。頑張ったね」って言ってくれんの。そしたら眠くなるから、布団にもぐんの。題目は人生の何にでも効《き》くんだから。それをいまだに知らない人がいるってことは、まだまだ私らは一歩も二歩も前進しないとだめだね。海外の同志に負けちゃうよ。マジで。

実践の中に

ねえ、あんた、この世は苦に満ちた娑婆《しゃば》世界だっていうじゃない。だけどこの信心《しんじん》は、最後まで苦じゃないんだから。必ず春らんまんになるんだから。御書の通りだよ。信じて力《ちから》いっぱい語れば、みんなついてくるよ。「妙法蓮華経《みょうほうれんげきょう》の五字を弘《ひろ》めん者は、男女《なんにょ》はきらう嫌べからず」（新一七九一ページ・全一三六〇ページ）てんだからさ。苦労して一言一句を語る中に、人間革命があんだよね。そこに御本尊様は功徳《くどく》をくれんだからさ。

だけど、この仏法《ぶっぽう》はどこまでどうなってんだか。奥深いよ。実践してない人は、答えが出てないね。悪いけど。

●正月の餅《もち》

町一番の貧乏《びんぼう》でさ。子どもが着る正月の服も買えなかったのよ。ミシンの内職してたから、大みそかに夜なべして、新しい服を枕元に置いといたんだよ。驚《おどろ》かせようと思ってさ。

でも驚いたのは私だった。昭和三十四年（一九五九年）の元日だよ。朝早くに鶴見《つるみ》支部の人がやって来てさあ、信心《しんじん》の話をするわけ。黙《だま》ってりゃ早く帰るだろうってなもんよ。

鶴見支部の人が帰る時にね、餅《もち》をたくさんくれたの。それを子どもたちが見て泣いてんの。学校で「おまえんとこ、正月に餅もねえんだろ」って言われたって。その時の親の心はどんなだと思います？「今にお母ちゃんが餅をつく姿を見せてやっから」と抱《だ》き締《し》めたよ。膝《ひざ》を寄せ合って食べたのよ。「お母ちゃん、学校行って話ができるよ」って。餅と一緒に、鶴見支部の人の言葉が喉《のど》を通ったわけよ。「絶対に幸せになれる信心」って、ものすごい言葉がね。

●電話線

「試す」って言葉好きじゃないけどさあ、信心を試すつもりで折伏《しゃくぶく》に歩いたよ。貧乏《びんぼう》をばかにされて、やっと買った靴《くつ》にお湯をぶっかけられてさ。でもやるしかないよ。食べ物がない時は、題目《だいもく》をご飯のつもりで食べてたよ。さあ、この信心、私の生活態度で示さなきゃだめじゃない。ミシンの内職でためたお金で、電話線を引いたのよ。この辺で第一号だよ。早朝でも夜中《よなか》でも、みんなの呼び出しに使ってもらったの。寝間着《ねまき》で寝たことないわ。いつ電話が鳴ってもいいように、普段着のまま布団に入ったわよ。でも少しずつ、感謝されるようになったわけ。そっから信頼は始まるんだよね。

●娘の笑顔

悲しいことを覚《おぼ》えんのは、よそうと思ってんから、いつだったか忘れたよ。結婚した娘を病気で亡《な》くしたの。「信心してんのに、なんで死んだんだ」って言われたことがあんの。きついよ。言葉に表せないよ。一日中泣いたよ。

きっと見かねたんだね。娘が夢に出てきたの。「お母さんの一番似合う姿は、折伏《しゃくぶく》に歩く姿だよ」って。その声がいまだに耳についてるね。

よーし、私がどう変わるか、みんなに見せてやろう。みんなを救うんだっていう大願《だいがん》だよ。御本尊様《ごほんぞんさま》はね、ちゃんと救いの手を出してくれる。その手に載せてもらうぐらいの題目《だいもく》をあげ通したね。そしたらさあ、池田先生のお顔が浮かぶのよ。

昭和五十四年（七九年）五月だよ。池田先生にお会いしたくてさ、神奈川文化会館まで歩いたの。会長を辞任された後だったし、すごい人だかりだった。

山下公園の方から会館を見上げて、手を振ったの。とにかく、先生が元

日本舞踊でも友好を広げてきた（鶴岡さん提供）

気でいてほしい。それだけ。先生が玄関から出てこられた瞬間、もう飛びつきたいぐらいだった。ああ、池田先生はお元気だ。帰り道は涙《なみだ》がぽろぽろこぼれたよ。

家に戻って、玄関先にしきみを植えたの。目印にね。池田先生が家へ来てくださる日を思えば、世間から何言われたって、痛くもかゆくもないんだから。

「正義」の揮毫《きごう》で命が燃えてこなきゃ、うそだね。池田先生と共に戦うってのが心にあんの。

折伏《しゃくぶく》できた喜びは、道を踊《おど》って歩きたくなるぐらい。命の躍動《やくどう》ってあのことだよ。娘は、親より先に逝《い》ったかもしれないけどさ、日蓮大聖人様《にちれんだいしょうにんさま》と会えてんだ。娘がやっと笑った気がしたよ。生命は、母子一体なんだね。

●あっちに逝ったらば

自分が「おぎゃあ」と生まれて九十二年だ。池田先生一筋《ひとすじ》に生きてきたよ。急ぐことないけどもさあ、あっちに逝ったらば、この世でやってきたことを体験発表できる自分でいたいと思ってる。そして拍手を浴《あ》びながら、日蓮大聖人にお姫さまだっこされて、人間に舞《ま》い戻ってきたいよね。マジで。

今も楽しいし、死んだ後も分かってるから楽しみだよ。来世は美人に生まれてくんの。えくぼがぽこんとあるような。男が一目でフラフラするようなな。ねえ、分かる？

▼取材後記

「昔は自分の人生じゃない気がした」という。福島県の生まれ。小学五年の時、東京の履物問屋《はきものどんや》へ奉公《ほうこう》に出された。周《まわ》りの子から東北訛《なま》りをからかわれ、口数が減った。結婚も他人が決めた。

人生が動き始めたのは、鶴岡《つるおか》さんが信心《しんじん》を始める二年前。秋の風が、家の近所にある三ツ沢《みつざわ》の競技場から、戸田先生の声を運んできた。原水爆《げんすいばく》禁止宣言をじっと聞いた。

信心してから、生まれ持った明るさに磨《みが》きが掛かって表に出た。つらくとも、「御本尊様《ごほんぞんさま》が私を見ててくれたんだもん」と歯を食いしばる。地域の人は、じっと見ていた。

慕《した》われた。鶴岡さんと近所を歩くと、すれ違うみんなが「つるちゃん、つるちゃん」と寄ってくる。雨のち笑顔のあっぱれ人生。

「町の男衆がキャーキャー言うのよ。マジで」と、時々うそもつく。
でもそのうそがまた、イイんだよなあ。

ホタルじいさん奮闘記《ふんとうき》

「人生に師匠《ししょう》がいなかったら、人間はだめです」

北海道札幌《さっぽろ》市　山田《やまだ》 吉雄《きちお》さん（97）

ちょっとそこまでの用足しなら、今でも自転車でスイスイ出掛ける。長年、昼も夜もなく地域のために走り抜いた足腰はダテじゃない。山田吉雄《やまだきちお》さん＝副本部長＝は、古里《ふるさと》にホタルを呼び戻そうと旗を振った「西区ホタルの会」の会長さんである。

（二〇一八年七月十三日掲載）

ホタルですか？　なんていうかなあ、子どもの時分《じぶん》はそんなに関心はなかったんだけどねえ、今になって思えば、私の人生そのものだった気がするんですよ。

私一人の力《ちから》じゃできなかったです。スタッフの方々の頑張りがあってできたんだから。顔の知らない人からね、「あっ、ホタルの山田さん」って声掛けられることがしばしばあるんですよ。ありがたいですね。

信心《しんじん》できたことに今でも感謝しております。

あのね、昭和三十五年（一九六〇年）の十二月ですよ。馬でもってゴミを運ぶ仕事してたわけ。職場の人が信心の話をしてくれてさあ。えらく感銘《かんめい》してねえ。帰りがけに言われたの。「今日は普段と変わったことがあるぞ」

雪の夜道を帰ったわけだ。夜の十一時近かったね。おや？　家の明かりがぽつんと見える。母さん（妻のフミさん、九十二歳）は体が弱いから、早く床《とこ》に就《つ》くはずなの。その母さんが、まきをくべて待っててくれたの。「よし、誰がやらんでも、俺は信心するぞ」。それで信心を始めたわけです。

ほれ、この辺は札幌《さっぽろ》で有数の米どころだったのさ。用水路があって水車がコトンコトンと回ってた。夜にはホタルが飛んでさあ、良いとこなんだ。でも宅地化が進んで、田んぼや畑が消えたんだよ。

四十五歳になっとったんかなあ、俺は。「町内会長やってよ」と言われて、いとも簡単に受けたわけ。そうしたところ、人が増えてきて、校舎に入りきらない児童が校庭の粗末《そまつ》なプレハブで勉強してる。校長が「なんとかしてくれんか」とこうだもん。

何しろ課題が山ほどあるんですから。砂利道《じゃりみち》だし、街灯《がいとう》もないし、除雪車は入れないし……。母さんに「たまの日曜ぐらいゆっくりしたら」って言われたね。俺は「日曜だって太陽は昇《のぼ》るんだ」って宇宙の法則に自分を乗っけて、できる範囲でみんなの相談に乗ったんだ。

御書にあるでしょ。「人のためにとも《点》せば、我《わ》がまえ《前》あき《明》らかなるがごとし」（新二二五六ページ・全一五九八ページ）。これを自分の言葉で伝えたんです。みんながそういう気持ちになれば、全ての問題が解決するわけでしょ。池田先生もそうおっしゃってますね。全部基本は人だもん。

ある日さ、スコップでバス停の除雪をしたの。それを誰かが見とったたんだね。「この地を選んで良かった」って手紙をよこしてくれたんだ。よし、頑張ろうってなりますよ。

ひとつ気になることがあったの。洗剤なんかが流れて、川が汚《よご》れたの。それでホタルが住めなくなったわけ。湿地の埋め立ても進むし、仕方ないんだなあ、と思ったよ。

だけど町内会長でしょ。引っ越してきた人にあいさつするわけだ。「昔はこの辺にホタルがいたんだよ」って話すと、みんな前のめりになるんだね。五十歳過ぎた頃かなあ。腹をくくったわけですよ。

ある高校の先生がね、昆虫の研究をやってんの。それで、ホタルの話をしたの。そしたら「この町のどっかにいる」ってアドバイスされたんですよ。私はここが古里《ふるさと》だから、隅《すみ》から隅まで分かるわけ。あそこなら、って感じてバイクで山の麓《ふもと》に行ったのさ。草むらをかき分けて川のせせらぎが聞こえてきた時、思わず声が出たね。「いたっ！」。闇《やみ》の中を四、五匹飛んでたの。それがホタル作戦の始まりなんです。

高校の先生が飛んできて、ホタルを採取して、卵を産《う》まして、幼虫になった頃に預かって、飼育《しいく》したんですよ。みんなから「早く早く」って期待されるでしょ。だけども自然が相手ですから、簡単じゃないわけだ。川に幼虫を放《はな》しても何割も育たないのさ。受精も難しくて、何年も失敗続きですよ。

だけども、池田先生の指導が聖教新聞に毎日あるんですよ。力《ちから》になりましたねえ。新聞読んで、みんなを励《はげ》ましたわけです。苦労を苦労とは思わなかったね。もう楽しくて楽しくて。

私の根っこに、池田先生の言葉があるわけさ。

〝緑したたる地域をつくろう。地域に根を張ろう〟

私には、それしかなかったねえ。やっぱり師匠《ししょう》ですよ。人生に師匠がいなかったら、人間はだめです。本当にそう思ってます。

ホタルの書籍を読みながら、ホタル自身の力で生きていける道を探したの。行政ともつながりながら、みんなで力を合わせたのさ。

そうして、ずいぶんとたちましたねえ。清流の上にね、ホタルが光の糸を引いて飛んでるの。しかも群《む》れですよ。もう言葉が出ないの。

高校の先生は生徒を連れてきてた。ホタルが生徒の間《あいだ》を得意げに舞《ま》うか

師匠と握手した思い出を妻・フミさん（右）と語る

ら、みんな喜んだねえ。それでいいんですよ。私はこの瞬間を待ってたんだから。（「ホタル観賞会」は地域の行事として定着している）

ホタルの明滅《めいめつ》を見てるとさあ、いろいろ思い出すのさ。

私は池田先生と何べんも会ってます。握手もしてます。池田先生の前でソーラン節《ぶし》を踊《おど》ったこともあるし、夏季講習会で先生と笑ったこともある。懐かしいっていうか、幸せもんだと思ってますよ。

池田先生とそんだけの原点を築けたってことは、母さんのおかげなわけです。なんていうかな、信心《しんじん》の決め手が母さんだったから。ありがたいですよ。陰《かげ》の力《ちから》は偉大《いだい》なりです。そういうことを、ホタルの光が照らしてくれるわけですよ。

▼取材後記

吉雄《きちお》さんは八人きょうだいの長男だったせいか、自分を後回しにする性分《しょうぶん》だった。手銭《てぜに》で弟の着物を買い、妹の嫁入り道具をそろえた。その心意気のままに、「ホタルじいさん」となって地域貢献《こうけん》に人生をささげた。

傘寿《さんじゅ》八十歳まで町内会長を務《つと》めた。家の後ろに西野川が流れる。橋の名は住民の総意で決まった。「西野やまよし橋」。やまだきちおさんの「やま」を取り、「きち（吉）」を「よし」と読ませた。その隣《となり》にもう一つ橋が架《か》かる。「光彩橋《こうさいばし》」。これも総意で、創価学会の地元地区の名を冠《かん》したものだ。吉雄さんが地域にどれほど根を張り、信頼の大輪《たいりん》を咲かせてきたか、よく分かる。

この母ありてこそ

「福運《ふくうん》がなかったら何してもあかん」

大阪府茨木市《いばらき》　広瀬《ひろせ》 文代《ふみよ》さん（97）

「悪いことは全部忘れますねん。ええことしか覚《おぼ》えてません」。ちゃめっ気たっぷりの広瀬《ひろせ》文代《ふみよ》さん＝地区副女性部長＝である。苦労話を聞こうにも、「稀代《きだい》のアホやから忘れたわあ」と、とぼけてみせる。なので、にぎやかな三人の娘さんに集まってもらいました。

（二〇一九年四月二日掲載）

「試練を栄養にして強うなりはる」

長女　広瀬敏子《ひろせとしこ》さん（七十六歳）＝地区副女性部長

女ばかりでうるさいでっしゃろ？　もともと京都の西陣《にしじん》育ちですねん。はた織《お》りの音が町にあるから、どうしても声が大きいなってねえ。母も土間で織ってましたわ。

貧乏《びんぼう》で、けんか絶《た》え間《ま》なしですわ。父がお酒好きでしょ。飲んで帰ると『巨人の星』みたいに、ちゃぶ台をひっくり返しますねん……母が。玄関から父の荷物を放《ほう》り投げて、「出て行け！」言うてはったわ。

昭和三十一年（一九五六年）に信心《しんじん》しましてん。「この信心したら幸せになんねんて」「へえ、ほなするわあ」いう具合。学会活動にどこへでも行きはったねえ。ＳＬの煙《けむり》で顔が真っ黒けになって、婦人部（当時）の人と駅で腹を抱《かか》えて笑ったそうです。

御書を手放《てばな》せへんねえ。「鳥と虫とはなけ《鳴》どもなみだ《涙》おち《落》ず。日蓮《にちれん》はな《泣》かねどもなみだひま《隙》なし」（新一七九二ページ・全一三六一ページ）。音読しては「日蓮大聖人《だいしょうにん》はすごいなあ」言うてはります。

でも父の事業が破産してねえ。たんすとかテレビに差し押さえの紙を貼られましたよ。「これは私のやからだめ！」って両手を広げて勉強机に覆《おお》いかぶさったんを覚《おぼ》えてます。それから父が蒸発《じょうはつ》するし、もうむちゃくちゃですわ。

財産を全部持っていかれましたけど、母の笑い声は持っていかれませんでした。母には題目《だいもく》があった。とにかく家が明るいんです。そのうち父がしらっと自転車で帰って来《き》はってねえ。「おまえ、変わったなあ」って目を丸くしてましたわ。母は試練を栄養にして強うなりはるんやねえ。なんせ、「畳《たたみ》の目、一目でも福運《ふくうん》を積まな」てよう題目あげますから。御書を読み込んだから、「福運《ふくうん》がなかったら何してもあかん」って気付いたんや思います。

もう父親ほったらかしやねえ。父が亡《な》くなって日記読んだら、こんなこと書いてましたわ。

「文代《ふみよ》は学会活動に飛んでいく。出たら帰ってこん。あいつは鉄砲玉《てっぽうだま》や」

「なにくそ根性《こんじょう》の強い人」

次女　青木美知子《あおきみちこ》さん（七十一歳）＝地区副女性部長

母は、なよなよするタイプと違います。何くそ根性《こんじょう》の強い人です。今に至《いた》るまでへこたれたこと、なーんもない。

二年前（二〇一七年）の夏、私は次男を亡くしました。孝二《こうじ》いいますねん。葬儀《そうぎ》から四十九日までバタバタ。仕事もしてますからねえ。晩《ばん》ご飯は、姉の家でお世話になってました。

玄関開けるでしょ。母の題目《だいもく》が聞こえるんです。仏間《ぶつま》をのぞくと、百歳近い母が動じずに唱題《しょうだい》してる。母の題目聞くとね、思い出すんです。

私が小さい時にね、母が若草色《わかくさいろ》のベストとスカートを作ってくれたんですよ。そら貧《まず》しかったけど、ひもじさを感じたことはありません。母がうまくやりくりして、愛情を注《そそ》いでくれたからでしょうねえ。

母の題目もね、私への愛情なんです。つらいことがあるから、母は唱題するんと違います。それこそ川の流れるように淡々《たんたん》と唱題してきた人なんです。

わが子を亡くした身でないと分からないかもしれませんが、言葉にできんほど、つらい。私も心が折れそうになった時もあります。ありますけども、母が笑ってこう言うんです。

「美知子《みちこ》、信心《しんじん》したことが最高の功徳《くどく》やねんで」

母の大きさを見ました。涙《なみだ》が出ました。それから、題目《だいもく》に感謝の幅が広がった気がします。御本尊様《ごほんぞんさま》を見つめるだけで胸が熱くなるんです。だって、孝二《こうじ》の最高の笑顔が浮かんできますから。

「母には感謝しかありません」

三女　増田洋子《ますだようこ》さん（七十歳）＝支部副女性部長

小学校の遠足で、奈良《なら》の若草山《わかくさやま》に行ったんです。リュックサックに母のおにぎりが入ってました。草がそよ風に揺れて、シカに餌《えさ》をあげると寄ってくる。穏《おだ》やかな山だなあ、という記憶があります。

母には感謝しかありません。私は転勤族でしたから、よく母に電話してたんです。懐かしい声を聞くだけで、頑張れるんです。

笑顔満開の親子。右から文代さん、長女の広瀬敏子さん、
次女の青木美知子さん、三女の増田洋子さん

昭和五十五年（一九八〇年）当時、私は福岡にいました。第一次宗門事件の頃です。私はみんなの家を歩いて、池田先生の話をしました。でも三日すると、ひっくり返ってる。「なんで、池田先生の心が分からないの」と言うたびに囲《かこ》まれて、反論したら笑われて。どうなっていくんやろう、と膝《ひざ》をつきそうになった時もあります。

そんな時、先輩から教わりました。池田先生が若草山《わかくさやま》の山焼きを通して、話をしてくださったことがあるんですね。

「草は焼かれても、根っこがある」「人生も同じです。根がある人は、何があっても必ず栄《さか》える」「根とは信心《しんじん》です」

一月の厳《きび》しい冬に山を焼いて、春が来ると黒い焼け跡《あと》から若芽《わかめ》が伸びてくる。本物の弟子《でし》になろう。そう誓《ちか》った数日後、思いがけず、きれいなお月さまの下で、池田先生と写真に写《うつ》りました。

「三世《さんぜ》永遠《えいえん》、一緒だからね」。握手もしてくださいました。池田先生のまなざし、忘れられません。

もちろん、母にすぐ電話しましたよ。受話器越しに喜ぶ声を聞いていると、分かったんです。どうして若草山のお話が、すっと胸に入ってきたのか――。それはきっと、母のおにぎりがおいしかったからだと思います。

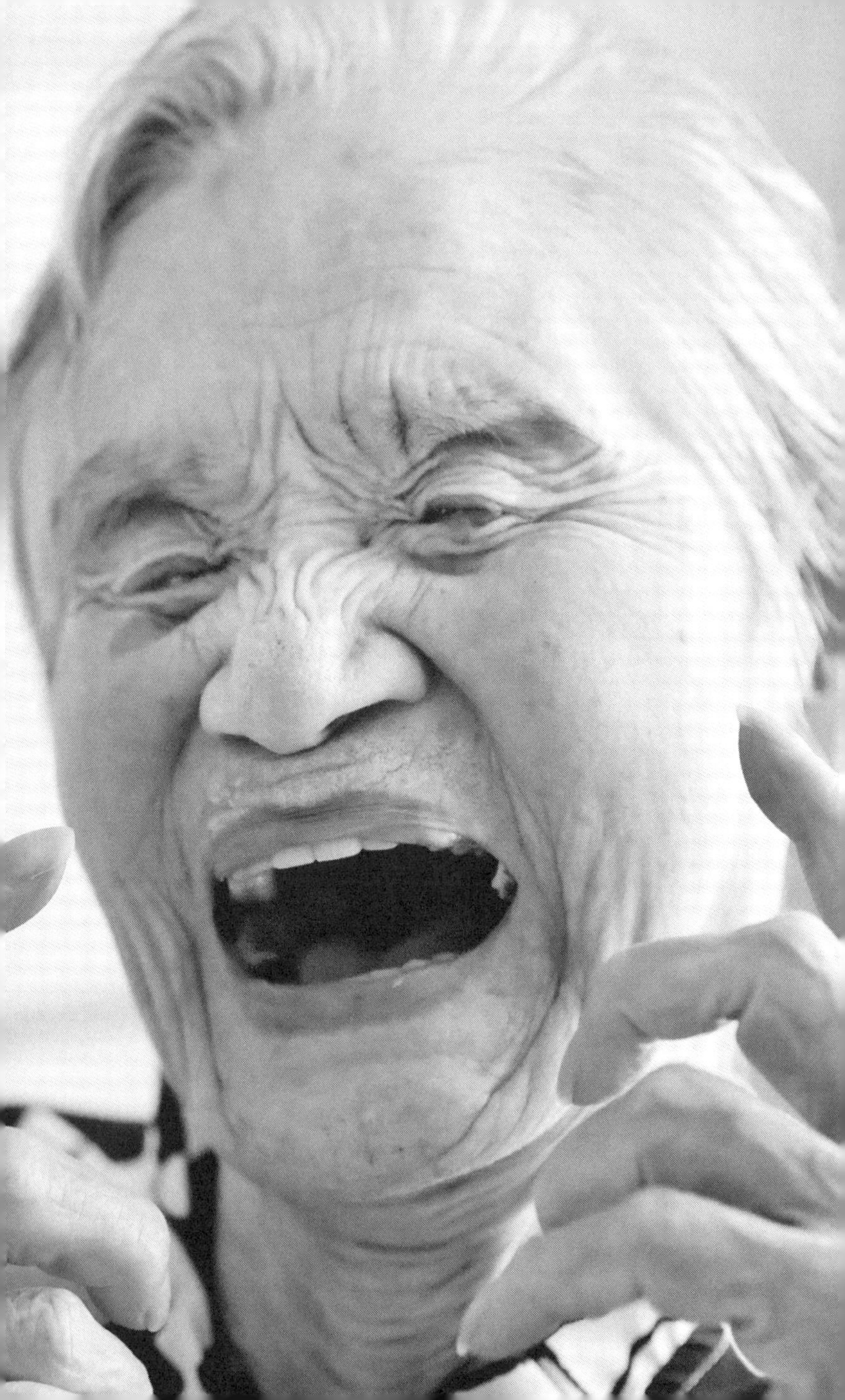

老人ホームでこう生きる

「人の幸せを祈《いの》ると、自分も楽しくなるよ」

静岡県浜松市　横澤《よこざわ》 ひさ さん（103）

広告の裏紙《うらがみ》にボールペンの字で、今までの来《こ》し方がびっしりと書かれていた。ちゃんと話せるように、と前の日にまとめたようである。特別養護《ようご》老人ホームで暮《く》らす、横澤《よこざわ》ひささん＝地区副女性部長。この〝台本〟に沿《そ》って話し始めたが、だんだん熱を帯《お》び、細い腕で机をバンバンたたきながら、「負けられん」とほえるほえる。もう気持ちいいくらい。

（二〇一九年九月六日掲載）

●朝起きて

ほんと私なんて、弱ったいもんだね。とーにかく題目《だいもく》。題目は離せん。それっきしで生きてるでねえ。

朝五時前にはねえ、御本尊様《ごほんぞんさま》がきちーんと起こしてくれる。目が開くとねえ、「今日もありがとう」ってなるで。

ぼっそりぼっそり支度《したく》して、顔洗って、ゴミ拾う。肌がきれいだって言われるよ。安いクリームを塗《ぬ》ってるだけだがね。やっぱり題目だなあと思う。命から出るだね、生命力が。

おなかがすいてなくてもねえ、出されたものを一生懸命かんで、食べにゃあいかん。それが命だでねえ。「豚肉が硬《かた》い」って言うと、職員さんが細かーくしてくれる。仕事とはいえ、よくやってくれるに。

私はニコッと笑ってるン。幸せだ。今の高齢者は幸せだ。

●安心だ

右目はちょこっと見えるだけど、左目が見えんで、字がゆがむ。ほいでも本が読めるだよ。まーず池田先生の本、すごいねえ。赤い線を引いちゃあ、何十回も読むだよ。

池田先生は、一人一人に命懸《か》けてるでねえ。それが先生のすごさだと思うよ。どんな人にでもねえ、相手の仏界《ぶっかい》を信じてる。池田先生と一緒に生まれてきたってこと、ありがたいね。

とーにかく、池田先生が心から離れんね。先生の本を枕元に置いてるよ。安心だ。孫にもらったお小遣《こづか》いの「のし袋」を、しおりにしてるン。

●痛みを知る

ちょっと前、肩から腕にかけて、動きがとれんほど痛かった。お医者さんが何十回って注射して、薬も塗《ぬ》ってくれたけど、ちっとも治《なお》らん。題目《だいもく》あげなーいかん。でも痛みにとらわれて、そういう気が出てこんで。

そんでも負けちゃぁ、しょんない（仕方ない）。「御本尊様《ごほんぞんさま》、私に『負けん気』と『戦う力《ちから》』を出してくれ」って、祈《いの》ってるよ。

風船一つで治ったたに。四人で風船を落とさんようにねえ、五分ぐらい遊んだか。肩が上がって、腹減ってきた。やっぱし御本尊様だなあ。いっつも御本尊様が、こうしたらいいよお、っていい方へ連れてってくれる。当たり前じゃー思ったら、御本尊様の声は聞こえんよ。

まあ、いつ死んでも心残りはないがねえ、ただ（ベッドの）隣《となり》の人を良くせんと、私は死ねんよ。体が痛むんだろう。つらそうにしてる。私も耳がとんちんかんだで、細かい話はできんが、「題目唱《とな》えなよ」だけは伝えてる。「分かったよ」って、手を握《にぎ》ってくれる。痛みを知ってるから、相手の痛みが分かるだよ。

人の幸せを祈ると、自分も楽しくなるよ。唱題《しょうだい》の途中で、眠っちゃうこともあるでねえ、悔《くや》しいよ。けど構わん、題目だ。とーにかく周《まわ》りの人が健康で生きてくれればいい、って祈れる自分になったことが、すごいと思う。それが功徳《くどく》だよ。

●戦う心

戦う心っていうのをいつも言い聞かせてる。弱い自分に、負けない心。トイレ行くにも戦い、戦い。歩行器で歩いてるけど、つまずいたら、もう寝たきりになっちゃう。だもんで「広宣流布《こうせんるふ》のために、南無妙法蓮華経、南無妙法蓮華経」って一足一足ねえ。はた目には何でもない姿だけど、私には戦いだ。死ぬまでこの足で歩くだよ。それが使命と思ってる。私が頑張れば、題目《だいもく》すごいんだなあ、となるじゃん。それで池田先生にお応《こた》えするだよ。

●あと数歩

もう骨と皮ばっっか。毎日生きることは楽じゃないけどねえ。なんにしろ最後は題目だに。同じ題目でも、池田先生につながる題目じゃないと、だめだね。

御書は詳《くわ》しい方じゃないけどねえ、あれ好きだよ。「法華経《ほけきょう》の行者《ぎょうじゃ》の祈《いの》りのかな叶わぬことはあるべからず」（新五九二ページ・全一三五二ページ）。落ち込んだ時に思い出しちゃあ、絶対だって思うね。

もう死ぬいうことが、悲しいとか思わんくなった。あーしときゃあ良かったとか、そういうことは、もうなくなっちゃったねえ。題目すごいなあ、今はそれだけ。
なんしろ頑張るわ。倒れるまで頑張るわ。命のゴールまで、あと数歩。
一日一日を大切に生きるだけ。負けられん。負けられん。

▼取材後記

見せてもらった日記帳は筆圧《ひつあつ》が強く、大きな文字で書かれていた。「乗り越えてみせる」「言い訳はしない」「何もかも宿命転換《しゅくめいてんかん》」。強気《つよき》の言葉がふんだんにちりばめられていた。

昭和四十五年（一九七〇年）の入会。開墾《かいこん》の鍬《くわ》をハサミに持ちかえ、夫婦で理容室を営《いとな》んだ。

悲運に泣いた日もある。娘を四人産《う》んだが、二人に先立たれた。それでも、「池田先生に応《こた》えられるように」と、母娘《おやこ》で信心《しんじん》を語り歩いた。

その志《こころざし》は百三歳になっても枯《か》れることがない。地元の同志に、「どうしても折伏《しゃくぶく》したい人がいる。私の代わりに会ってほしい」と手紙を送っている。日記の言葉は、常《つね》日頃から自分自身を奮《ふる》い立たせてきた言葉でもあった。

悔《く》いなき人生を過ごすには、生活の場所は関係ないのかもしれない。心を輝かせる何かを握《にぎ》っているか、どうかではないか。

茶碗《ちゃわん》を手にぱくぱく食べるひささんには、「充実」と「戦い」の文字がよく似合う。

「健康でいることが、私の信心の証《あか》し」と言った。ひささんは人目につかない部屋の隅《すみ》っこで、曲がった腰を懸命に伸ばそうと運動していた。その痛みをこらえる、しかめた顔もまた、師匠《ししょう》への恩返しなのだろう。

帰り際、渡し損《そこ》ねた名刺を手渡した。ひささんは両手で受け取り、名刺を頬《ほお》ずりしてくれた。どこにいても、まぶしい人である。

激戦地の記憶 後世に

「戦友が自分に胸を張らせてくれたと」

福岡県桂川町《けいせんまち》　多田《ただ》 新《あらた》さん（98）

多田新《ただあらた》さん＝副本部長＝は「最悪の戦い」と呼ばれるインパール作戦の将校だった。ビルマ（現・ミャンマー）で銃撃戦《じゅうげきせん》をくぐり、血に染《そ》まった。撤《てっ》退路《たいろ》では多くの日本兵が病《やまい》と飢《う》えに倒れた。あかつきを待たずに消えたおびただしい命。どうすることもできず、地獄の道をひたすら歩いた。

（二〇二〇年七月十日掲載）

あれは何のための戦争だったか。第三十一師団の百二十四連隊ですたい。コヒマ（インパール北方の要衝《ようしょう》）を攻略《こうりゃく》したとです。でも補給が無いけ、数百発の砲撃《ほうげき》を受けてもですよ、弾《たま》を節約して応戦するしかなかでしょうが。制空権も無いからですね、どうにもならんですよ。

そのうち弾も食糧《しょくりょう》も尽きてですね、みな栄養失調になったとです。飲むなと言われた沢《さわ》の水を飲んでアメーバ赤痢《せきり》になったり、マラリアで動けんことになってしもうて。師団長が独断で、コヒマ撤退《てったい》命令を出したとです。昼はジャングルに隠《かく》れて、夜に歩くとです。スコールが激《はげ》しくて、一メートル先が見えん。全身ずぶぬれ。ひげはぼうぼうで、やせ細ってね。いつ襲撃《しゅうげき》されるか分からんけど、銃《じゅう》もほったらかして、ふらふら下がってきよったけん。

歩けん者はみな死んだ。「助けてくれ」言われても、肩組んで歩けんかった。むごたらしいこと、腐《くさ》りかけた人間の傷口にウジが湧《わ》いとる。折り重なるように倒れる遺体《いたい》を、高い木の上からハゲタカが見とるでしょうが。舞《ま》い降《お》りてついばむけん、すぐに白骨《はっこつ》になったとです。ハエが群《むら》がる激しい臭《にお》いは、何とも言えん。

かわいそうに、手榴弾《しゅりゅうだん》を腹の上に抱《かか》えて自爆する者もおった。草むらから二発、三発……こんなことがあっていいんか。隊列の後ろにおったから、断腸《だんちょう》の思いで全部見てきたとです。

万死《ばんし》に一生を得てですよ、日本の土を踏《ふ》んだです。でも、仲間のうめき声が取れんばい。自分たちだけが平和の中に身を置いてですね……申し訳ない気持ちでした。ぼんやり暮《く》らして、詐欺《さぎ》に遭《あ》いましたけんね。家庭不《ふ》和《わ》にもなったでしょうが。もう生きる目標がないとです。誰も教えてくれる人がおらんかったし。

昭和三十七年（一九六二年）に信心《しんじん》して、池田先生とお会いしたですよ。先生が学会歌を舞《ま》われたのを見てですね。悠然《ゆうぜん》と、堂々たる舞《まい》でした。ああ、この人に付いいたら間違いない。直感したとです。

私の場合、戦争のいろんな体験が全部、学会活動の中に入り込んどる。祈《いの》りよったら、戦友の顔が浮かんできますけんね。なぜか撤退《てったい》のひどい顔じゃなくて、和《なご》やかに笑った顔が浮かぶです。遺《のこ》された家族が平和で栄《さか》えていくようにね、毎日祈りの一番先に出てきましょう。

戦争のむごさを伝えていくんが、自分の使命とつくづく感じたですよ。九百人と交《まじ》わりを結んで、信心の話をしてきたです。ハガキも出したと。池田先生に付ききって、やっと分かったことを書いたです。「今まで生きて有《あ》りつるは、このことにあわん《遇》ためなりけり」（新二〇八五ページ・全一四五一ページ）。戦友が自分に胸を張らせてくれたとですよ。

数年前、戦友と慰霊《いれい》の旅にビルマへ行きました。本当は平和な場所なんですもんね。川がゆっくり流れて、ほとりに小さな家があって、風が穏《おだ》やかで、緑がたくさんある。なんでこういう所で戦争したもんかなあ。

二十人ほどで木の船で川を下《くだ》ったです。私が創価学会に入っとるのを、みんな知っちょりますけんね、「弔《とむら》ってください」と頼《たの》まれたわけ。船を川岸に寄せて、朗々《ろうろう》と勤行《ごんぎょう》しました。みんなも手を合わせちょった。多くの仲間の犠牲《ぎせい》があって、自分は生き永《なが》らえることができたとです。「一緒に帰ろう」。涙《なみだ》が出たです。

私が代表して、川に花を手向《たむ》けたです。だんだん小さくなるのを、みんな黙《だま》って見ちょった。私は白い星形の花のことを思い出したとです。亡骸《なきがら》に供《そな》えてあった夜香花《やこうか》という花ですたい。現地の人の温情も、私は戦地で見たとです。

▼取材後記

本編は、平成二十八年（二〇一六年）五月三日付に紹介できなかった内容を「こぼれ話」として電話取材を加えて再編《さいへん》したもの。四年前の取材には、ハワイからたまたまやって来た当時百歳の兄・九州男《くすお》さんも同席した。

九州男さん（以下、九） やっぱり、日本はええなあ。
新《あらた》さん そりゃ、よかばい。時差ぼけは大丈夫かいな？
九 全然ない。
新 ほうね。明日はどげんするな？
九 桜島に行かないかん。それと北海道新幹線が開通したけん、函館《はこだて》にも行かないかん。帰りは金沢と和歌山の知り合いに会ってくるよ。
（三日後）
新　どうじゃった？
九　やっぱり日本はええよ。世界一よ。函館の朝市は最高じゃ。新幹線の隣《となり》の人に「あんた、どこ行くんね？」と話し掛けてな。
新　すぐ仲良しになるね、あんた。
九　「百歳じゃ」「ハワイじゃ」言うと目の色が変わるけん。「私は創価学会に入っとる。あんたも題目《だいもく》唱《とな》えてみなさい」と言うてやる。
新　ビックリしよろうが。
九　「ええことあるか？」と聞くから、「わしの願いは全部かなった」とスマイルよ。

と、こんなやりとり。そばで聞いていると、気持ちが晴《は》れ晴《ば》れとする。一緒に勤行《ごんぎょう》した後、九州男《くすお》さんがぽつりと言った。「題《だい》目《もく》は命と思うとる」

九　人間にはいろんな悩みがあるよ。題目あげて悩みを越えても、また悩みが出てくる。そこを越えてこそ、人間は強うなる。その蓄積《ちくせき》が人生なんよ。

新《あらた》　題目あげよったら、池田先生のこと考えるけん。先生は自分の時間も自由に使われんで、新聞書いてくれよっとでしょうが。そげんこつ思うと、涙《なみだ》が出るばい。

九　池田先生が大好きいうんが、信心《しんじん》の根っこたい。よし。今から博多《はかた》ラーメン食べてくる。豚骨《とんこつ》は最高よ。ちょっと駅まで送ってくれんね（店は最寄り駅から電車で約三十分）。

新　こんな年寄りおらんたい。

九州男さんが日々の予定を詰め込むのは「動かな、命がもったいないから」。

先の大戦で、九州男さんはカナダ・オンタリオ州の収容所に収監された。背中に赤い丸がある汚《よご》れた服を着せられた。日の丸かと思ったが、銃《じゅう》の的《まと》だと知った。死の一歩手前にいることを痛感した。

戦後、生きる意味を模索《もさく》して、二人は同じ年（一九六二年）に信《しん》心《じん》を始めた。

平和であることのありがたさを目にした時がある。昭和五十年（七五年）七月、池田先生が出席した「ブルー・ハワイ・コンベンション」。肌の色と言語を超《こ》えた者同士が手をつなぎ、肩を組み、未来を目指す。「池田先生は平和の体現者だ」。戦争を生き永《なが》らえた者として命をいかに使うか。兄と弟は固い握手を交《か》わした。

まぶたに師匠《ししょう》を思い浮かべては自らを奮《ふる》い立たせてきた。与えられた人生を堂々と質実《しつじつ》に切り開いてきた。新幹線で隣《となり》にたまたま座《すわ》った人とのやりとりも、九百人に出したハガキの人生観も、そこにはきっと「命限《かぎ》り有《あ》り、惜しむべからず。ついに願《ねが》うべきは仏国《ぶっこく》なり」（新一二八三ページ・全九五五ページ）という真実の叫《さけ》びがある。世界平和の道がある。

兄の九州男さん（右）と

装丁・本文レイアウト　村上ゆみ子
写真（クレジット未記載のもの）　©Seikyo Shimbun

ブラボーわが人生《じんせい》2

2020年11月18日　初版第1刷発行
2024年6月30日　初版第4刷発行

編　者　聖教新聞《せいきょうしんぶん》　社会部《しゃかいぶ》
発行者　松本義治
発行所　株式会社　第三文明社
東京都新宿区新宿1-23-5
郵便番号　160-0022
電話番号　03(5269)7144(営業代表)
03(5269)7145(注文専用)
03(5269)7154(編集代表)
振替口座　00150-3-117823
URL　https://www.daisanbunmei.co.jp
印刷・製本　中央精版印刷株式会社

ISBN 978-4-476-06247-2